# 2018中国年度作品

## 诗歌

林莽——主编
中国当代文学研究会诗歌委员会——选编

现代出版社
中国出版集团

图书在版编目（CIP）数据

2018中国年度作品．诗歌 / 中国当代文学研究会诗歌委员会选编；林莽主编．—北京：现代出版社，2019.1

ISBN 978-7-5143-7506-0

Ⅰ．①2… Ⅱ．①中… ②林… Ⅲ．①中国文学—当代—文学—作品综合集 ②诗集—中国—当代 Ⅳ．①I217.1

中国版本图书馆CIP数据核字（2018）第246523号

2018中国年度作品．诗歌

选　　编：中国当代文学研究会诗歌委员会
组稿编辑：庞俭克
责任编辑：曾雪梅
出版发行：现代出版社
通信地址：北京市安定门外安华里504号
邮政编码：100011
电　　话：010-64267325　64245264（传真）
网　　址：www.1980xd.com
电子邮箱：xiandai@vip.sina.com
印　　刷：三河市南阳印刷有限公司

开　　本：710mm×1000mm　1/16　　印　　张：18
版　　次：2019年1月第1版　　印　　次：2019年1月第1次印刷
字　　数：256千字
书　　号：ISBN 978-7-5143-7506-0
定　　价：38.00元

# 目　录

# 卖　针

小　西

有人卖楼，卖车，卖酒肉
她在卖缝衣针。
有人卖毒，卖肾，卖青春
她在卖缝衣针。

她慢腾腾地摆着
每一包大小号齐全
每一根都无比尖锐

我想蹲下来问问：过去能不能补
人心能不能补
这个世界快得漏洞百出，有没有办法补

（原载《草堂》2018 年第 1 期）

# 在火车上

小　西

你们多次谈论到父母
包括他们初次进城时的表情和语气

我暗暗想象他们的模样——
粗布衣裤，装满土特产的竹篓
刚踏上电梯时的惊慌

你们不时发出心满意足的笑声
我低着头慢慢剥开青橘，没说一句话。
我没有了父亲
也没有了母亲

（原载《草堂》2018 年第 1 期）

## 画手表

大 解

在女儿的小手腕上，我曾经
画出一块手表。
我画一次，她就亲我一口。

那时女儿两岁，
总是夸我：画得真好。

我画的手表不计其数，
女儿总是戴新的，仿佛一个富豪。

后来，我画的表针，
咔咔地走动起来，假时间
变成了真的，从我们身上
悄悄地溜走。

一晃多年过去了，
想起那些时光，我忽然
泪流满面，又偷偷擦掉。

今天，我在自己的手腕上，
画了一块手表。女儿啊，
你看看老爸画得怎样？

我画的手表，有四个指针，
那多出的一个，并非指向虚无。

（原载《人民文学》2018年第10期）

# 清　风

大　解

芦苇丛中，一只喜鹊在娶亲，
它一边飞，一边叫，后面的喜鹊跟着飞，
也跟着叫。这是一个安静的早晨，
喜鹊的叫声过于张扬，甚至有些炫耀。
它们飞过芦苇荡时，
天空出现了波纹。
我知道一个失踪的湖泊，一直隐藏在高处，
今日终于显现。
当芦苇轻轻摇曳，
忙于接亲的喜鹊叫声明亮，
我悄声喊了一句：恭——喜——了。
没想到我的话音还未落下，
东方就红了，
阳光像一面扇子在天边展开，
从那遥远的地方，忽然，
真的是忽然，刮来了清风。

（原载《人民文学》2018年第10期）

# 空

大 解

夜晚，
三个朋友来家里，比全国人民
少很多，但也足以让我兴奋。
喝茶，聊天，笑。
然后喝茶，聊天，继续笑。
其中一个站起来，在屋子里走来走去，
只有直立着才能消化幸福。
外面的星星越分散，我们的话题越集中。
最后聊到一个人，我们都沉默了。
因为她刚刚死去还未走远，
天空中还有她的脚印。
我们望着窗外，觉得她还能回来，
就慢慢转变了情绪，继续喝茶，
但不再说话。
时间充满了房间，
我们却感到，
无比的空。

（原载《人民文学》2018年第10期）

# 在深寺

马 嘶

我不拜佛。我心向佛

佛像破损。我心伤痕

一日问三餐，三日问时事
七日叩内心。世道人心，时好时坏

佛居深寺，有光照耀
光不会普照人间
光照佛身，也有高有低

我有乡野之苦，有浮世之痛
这半截肉身拖着长长的暗影
心有块垒也不向佛说
这是命，我认

（原载《诗探索·作品卷》2018 年第 2 辑）

# 下虔州

马 嘶

你写的《虔州八境图》
至清代，已缺四景

宋朝的光，岂会一直照到今日
一个人登郁孤台，才知
山川不尽永恒、飞鸟礼送落日

我收到暮霭的信，来自故去的人
寒梦中，字字灼心
这是我途居虔州一夜，忝列

甚为唐突的一景

抱歉了，东坡先生
抱歉了，天空背后的明月

（原载《诗探索·作品卷》2018年第2辑）

## 在冶勒湖

马 嘶

暮色中有黛、有黧、有缟
有彤……湖水漫向群山
近乎天堂
彝人兄弟埋头宰羊，寡言
旷野幽暗，人们矮于火苗。羊倒挂
四蹄剑指星空
剖开的胸膛冒出缕缕白烟
但它一直努力保持着羊形
我们形骸放浪
不成人样
手中浊酒，洒向湖面
那一夜，醉后大词用尽
清晨离开，羊骨成堆
像座小小的土庙
我深鞠一躬，不敢人语

（原载《诗探索·作品卷》2018年第2辑）

# 松拜的新娘

王　晖

松拜的新娘老了
在老军垦的视线里模糊成一滴泪
五公斤水果糖迎来的娘子
是否还记得那一条睡了十五年的
开满了牡丹花的棉花被子

松拜的新娘老了
63公里边境线紧紧抱了她五十年
苏木拜河　沙尔套山　中亚草原
是清贫的土坯房最传奇的后花园
那湿淋淋的云常常降落伤感的雨

回老家已成了渺不可及的一种虚幻
出来时十七岁　一个年少的闺梦人
爷娘唤女的哀声远在长江边的小村庄
西北之北这个戍边的女子戍白了头发
籍贯地　有什么能经得住这么久的眺望

麦子　油菜　土豆得到了她的喂养
吃着土豆长大的儿女又降生了儿女
墙头上一只小黑鸟在喂着另一只
紫苏释放的幽香越过了边境线那边的农庄
背枪的小战士见了生人就会害羞得脸红

松拜的新娘老了　这片土地在挽留她

家门口微风中的薰衣草在虚构世间的神话
褪色的衣襟被紫色的烟云撞了满怀
那一串串的花穗结着青春的发辫
遍地的风情没有留下任何遗憾的空白

顺手捋一把　就可以缝制一个香荷包
那些河边的　井畔的　黄昏天窗下的记忆
在北方的界河边上——零落——风干
那个拉郎配年代中忧戚了一生的新娘
以不确定的火苗点燃了绵延几代人的炊烟

（原载《诗探索·作品卷》2018 年第 4 辑）

## 黄昏的低眉

王　晖

我的身体常常痛
大约是女娲造我的时候
不慎将玻璃碴混入了泥土

它们尖锐地提醒我
此生的存在

带着光的碎片
我尝到了生活的滋味

在相聚的欢乐中
它提醒我今宵的存在

在无垠的春光里
它反射泥土的光泽
让灵穿行于平庸的肉身

在暴风雨来临的深夜
它让我看到了雨后的虹

在黄昏的低眉中
它让我看到了一点一点
累积的光芒

（原载《诗探索·作品卷》2018 年第 4 辑）

## 找我的朋友

王 晖

这个世界时常上演战争片
还有传说中硝烟弥漫的 A 片
我把双手捂住了眼睛
胆战心惊地打着预备远行的小包裹
我是一棵秋草一样颤动的女人

我常常对着虚空喊你的名字
啊，我的朋友你在哪里
这个城比早年扩张了数公里
我怎么还是有被挤压的感觉
最后连我的朋友都不见了踪影

站在城墙的废墟上找我的朋友

数以万计的车辆犁一样划开道路
车轮摩擦路面没有一丝相爱的感觉
树叶惹着尘埃唱着生命的哀歌
城东城西城南城北去哪里找我的朋友

众生之中我喊着我朋友的名字
站在一棵苹果树下我无力至极
秋意满怀，叶子说黄就黄了
蜷曲在地下如一张张揉皱的宣纸
我一一拾起作为一段心酸的怀念

（原载《诗探索·作品卷》2018年第4辑）

## 蚂　蚁

王单单

蚂蚁们携妻带子
组成浩大的队伍
赶在暴雨来临前
举家迁徙
我随手捡起树枝
在泥墙根下
画出一道横线
瞬间，原有的秩序
乱成一片。许多蚂蚁
来到横线周围
犹豫，徘徊，跃跃欲试
又不知所措。看着它们
迷失的样子，我先是

扑哧一笑，转又
心生悲凉。每当
遭遇过不去的坎时
我又何尝不是这样

（原载《诗潮》2018 年第 8 期）

# 新　生

王单单

许多事物，都有下坠的力量
比方说，经过西三环
谁在你肩上，轻拍了一下
你回头愣住，满树的银杏叶
晃动在空中，正等你指出淘气的那一片
当你刚要转身，更多的叶子
落下来，逼你想起去年秋天
陪她去郊外银杏林，迟了些
金色的树冠坍塌了，天空坠出
一个个黑窟窿。而去年的
那个你，也像叶子
落下来，盖在今年的身体上
为了继续爱下去，你一直把
身体从死亡中，露出来的部分
看作新生

（原载《诗潮》2018 年第 8 期）

# 圆

毛　子

圆从苍穹、果实
和乳房上
找到了自己

它也从炮弹坑、伤口
穷人的空碗中
找到了
残损的部分

涟漪在扩大，那是消失在努力
而泪珠说
——请给圆
找一个最软的住所

所有的弧度都已显现
所有的圆，都抱不住
它的阴影……

（原载《十月》2018年第5期）

# 夜　晚

毛　子

吉尔伯特死了。

他诗歌中出现的那些人，也不在世了。
他们中有大名鼎鼎的金斯堡、布罗茨基
更有他心爱的美智子……
想想一代一代的人，在这个世界上留下欢笑
最后黯然地谢幕
就觉得时间是多么的好多么的软又多么的
不容商量。
而现在是午夜，我把你搭在我身上的手
轻轻握住。
我感到我还拥有，他们曾拥有的东西。

（原载《十月》2018 年第 5 期）

## 记忆：糖

牛庆国

那么热的天　父亲从县城回来
从兜里掏出一把糖
不用猜　肯定是 8 个
我们兄弟姊妹每人一个　共 6 个
一个给奶奶　一个给母亲
我们嘴里噙着糖的那个下午
阳光都是甜的
那块小小的糖纸　被我舔了又舔
直到把颜色都舔淡了
这才贴到墙上
像一张小小的奖状
父亲看我们的眼光　也很甜

过了好些天
不记得我做了一件什么好事
还是受了什么委屈
母亲从贴身的衣袋里摸出一颗糖
是那天的那颗
她剥开糖纸　咬了一半给我
把剩下的半颗又小心包好　装了回去
那时　我看见母亲也咂了咂嘴
只是剩下的那半颗糖呢
是后来给了弟弟　还是给了妹妹
或是给了奶奶呢
半颗糖　让我想了好久

那时的糖　怎么会那么甜呢

（原载《文学港》2018年第4期）

## 母亲节的阳光

牛庆国

今天　就让我想想楼前院子里的石条上
那几个晒太阳的老母亲吧
好像她们一直都缺着阳光　总是晒不够
她们哪里知道　她们也是阳光
原来是五个人　像五个老姐妹
有时还手牵着手　又像幼儿园的小朋友
白发飘飘　拄着拐棍的我母亲
就经常坐在她们中间　或者和她们走在一起
那时　我喊杜妈　张姨　王姨　还有李老师

她们答应着我　却向我母亲微笑
好像她们都沾了我母亲的光似的
可后来　我母亲再也不来这里晒阳光了
她回到了乡下的一片山坡上
那里的阳光比城里的更加明亮　温暖
还飘着花香和粮食的气息
我不知道她们是否想念过我的母亲
但我却从此有意躲着她们
怕她们说　我母亲的那些阳光　还在那里等她
每想起她们　我就会被阳光灼伤

（原载《文学港》2018 年第 4 期）

## 在表叔家

牛庆国

小时候我在表叔家门口的学校里念书
我和表弟好得像穿一条裤子
下雨天我和表弟就爬在他家的炕头上
喝着表婶做的拌汤写着生字
字都写得歪歪扭扭
像表婶的拌汤中大小不一的面疙瘩
那时　表叔就坐在我们身边
不停地捋着山羊胡子
呼噜呼噜抽水烟的样子
好像他一直就那么老
老老地看着我们的年轻和不懂世事
偶尔说起些往事
老得就像拐弯抹角的老县志

比如同治爷的时候　杏儿岔有几户人家
比如袁大总统的时候
我们家怎么和他们家成的亲戚
还比如那年咱这里过队伍
谁跟着走了　一辈子都没有消息
说着说着
屋里就只剩下比他小十几岁的表婶了
表婶如今坐在空空荡荡的炕上
老得连颗热洋芋也啃不动了
忽然想起一个童养媳的经历
她就会一个人哧哧地笑
把卧在身边的小狗也吓了一跳

（原载《读诗》2018 年第 2 期）

## 那坡山小传

牛庆国

有人看见八匹高大的骡子
从山的豁岘里走了过去
走在骡子前面的那人
马刀上挽着一匹红绸子
他要从很远的四川驮回茶叶和盐
可回来时手里只提着一根鞭子

多年后　我的父亲从那坡山上下来
后面跟着我的母亲
夕阳下的那坡山浮着一片红晕
可当他们走进山下的家时

屋里已经黑了
一盏油灯下　他们开始渐渐变老

有一次　母亲被月光惊醒
看见一只白狐狸夺门而出
蹿向那坡山
山上就像落了一层薄雪
这件事一直让母亲耿耿于怀
她说她的命中一定有一个狐狸精

后来　我看见当民办老师的堂叔
在豁岘上忽然蹲下身子
双手捂着自己的胸口
风把他蓬乱的头发
吹成了山坡上枯黄的柴草
他去世的时候　我听见他的胃里
像放着一本书
被风吹得哗啦哗啦地响了几下

那时　我望着那坡山的脊背
希望它能转过脸来看看岔里的人们
可它一直背对着我们

当我一口气翻过了那坡山
那里就成了我的老家

（原载《文学港》2018年第4期）

# 天　堂

风　言

从堂屋到灶房需走八步
到鸡窝十五步，到猪圈二十二步
——圈里的猪崽被你惯得不成样子，淘气
挑食，石槽常常被拱得东倒西歪

从家门口向东拐，走一百多步是菜园
向南拐，走一千八百多步，然后爬一个小坡
是咱家三亩半口粮田
向西拐是一片树林
林子里有摘不完的浆果，捡不完的蝉蜕，钓不完的鱼虾
——这里是我的天堂
若穿过树林向西再走两千多步，是柳庄
——我外婆家，你的娘家

从咱庄向北走二十七公里，向西拐再走十五公里
是县医院

妈妈，你再多走一步，只一步
就能看到爸爸给你选的墓地与我的天堂接壤

（原载《人民文学》2018年第3期）

# 戴罪之身

风 言

何为不朽?
——当你一无所有时，仍一无所求
在我的诗里，原谅我伪装成一名夜盲者
——无法还生活以颜色
但你们终将会为我感到悲哀
——我也有瞳孔，人类一样的眼睛

希望被拖着鼻涕的小丑借用
善良是块焐不热的石头
在我的诗里，我想用词句建筑自己的水泊山寨
可这纸糊的江山
每一个记录它的汉字都灾难深重

蜂蝶振翅于草窠间，世界
为之倾倒
而万鸟栖息，没有一根羽毛被飞翔称颂
在我的诗里，我因安抚词语的天赋获得假释
司晨的钟声却是戴罪之身

大多数时候，它干净
易逝——简朴如一滴水
昔日的喧嚣曾让我与江河并立
如今，我只保有尖锐的寂静
在我的诗里，你永远不要去质问一个无家可归的人

当审判的法槌落下
安魂的颂歌唱起
——泪水只有生命临终才被称量

在我的诗里，人们用刻在刀上的咒语问候我

（原载《诗刊》2018 年第 6 期）

# 愿　望

方石英

去天空打铁吧
用黄昏赤诚的寂寞
锻造一把镰刀，一个人
收割往事
翻七七四十九座山
只为盗取仙草
让远在天边的你
突然醒悟，其实
我是一个不坏的坏蛋
选择秋天回到海边
在星空下喝酒
在波涛中死去活来
我把石头与盐粒
统统还给你
只留一根乌黑的长发
裱在宣纸上，等你
白发苍苍的那一天
我要把这段细细的青春

亲手交还给你

（原载《长安》诗刊2018年第1期）

# 安魂曲

方石英

要喝的酒，已喝得差不多了
最后一杯留给你

想起那片私人的山坡了吗
一本诗集，夹着树叶的书签
一起化为灰烬

要下的雨，现在全倒下来吧
大不了高烧一场
我把所有的胡话统统再说一遍

（原载《长安》诗刊2018年第1期）

# 夜行青海湖

邓朝晖

妈妈，我途中遇雨
青海湖的夜风也吹不走一个名字
这里的油菜比人矮只略高于泥土
不似江南的随风摇摆郎情妾意
妈妈，我收到你的信时正在青海湖的入口

大风吹走我的七岁髫年和二八碧玉
你托疯长的菩提赠我一缕衰败的青丝
你年华未老，而我已远走他乡
青海湖向北月黑风高
左手为丝绸的湖泊右手是芨芨草的故乡
一个忧郁的后生挨了牧羊女的长鞭

他和我一样习惯远行
去一个遥远的天边
寻找菩提的心脏
西部和北方都有一股莫名的大风
他们带走了风筝白色的脐带
我一去六年不返
姑娘嫁给陌生人
有了幽怨的眼神和一首心碎的情歌
我徒有歌王的虚名和大师的冠帽
众人膜拜的是一个空心的佛塔和负心的浪子
这么多年
你的子宫已不再接受欢爱的果实只研习
白旃檀的心经
树高大一天也只长一片叶子
你一天垒一块土坯
一夜修一个花儿般的来世
十五年垒成纯白的佛塔和金顶的寺院

妈妈，今晚我宿在西海镇
马鞭草开出金露梅
青海骢蹬着初生的蹄子
牛羊像野花般撒满牧场
已过十二点我还在夜风里奔驰

花姐姐开始讲烈性的情话
她的心里焐着一团迟来的火焰
我的到来如同那个眼神直勾勾的少年
那时，你年华未老，我情窦初开

（原载《诗探索·作品卷》2018年第1辑）

# 戏楼前

邓朝晖

每一株花朵都是前世的姐妹
饥饿猛于萧瑟
我系紧围巾，手伸进口袋
寻找宿命的温暖
自小对戏台有偏爱
知道父命难违
一个小旦有齐腰的长辫
她清秀，大眼睛
穿碎花方领的确良长袖
不同于戏台上的挥舞
她走过我
无视一个八岁戏迷狂喜的目光
她的每一出我都记得
如同历数自己童年时代的悲欢

我听不进母亲的规劝
宁愿相信公子多情，小姐薄命
最爱鸾凤呈祥
驸马爷遇见多难的公主

我有成人之美
不想见生离死别
挥舞的大刀只是道具
你今晚的华美只为博取我
片刻的欢心

冬天冷得让人心疼
舞阳河水一天短似一天
你看不见格子之外的世界
武将军彩鞭佯装打马
为一个英名在番邦屈辱了一生

（原载《诗探索》2018年第1辑）

## 荆轲塔是件冷兵器

石英杰

微光渐渐退去。这件冷兵器
遗留在空旷的大地上，只剩一个剪影
像小小的刺
扎进尘埃，扎在诡秘的历史中

将枯的易水越来越慢
像浅浅的泪痕
传奇泛黄，金属生锈
那名刺客安睡在插图里

天空下，那个驼背人

怀抱巨石一动不动
他的头顶
风搬运浮云，星辰正从时间深处缓缓隐现

（原载《星星》2018 年第 2 期）

## 向下的力量

石英杰

在春天，万物皆醒
连身体刺过青的杨树都努力向上

如果没有湖面，你们不会看到倒影
不会看到向下的力量
不会看到一个世界
怎样分成上半部分和下半部分

此刻，在你们无法看到的地方
另一个我像沉入大海的铁锚
黑暗的深渊
捧起的钻石多迷人，那座禅房多明亮

我也是万物的一部分
可那座向上的山峰，只是我留在人间的幻象
我说出这些，你们是否相信
我的肉体不过是灵魂的倒影，偶然间连接成了一个整体？

（原载《星星》2018 年第 2 期）

## 细雨淋湿了白麻村的山梁

石英杰

在山野，绵绵的细雨低头绣花
先是绣出一条爬上爬下迂回的公路
又在两边绣出了千万朵害羞的葵花
接着，绣出了古树掩映的飞檐
小草寄宿的石头墙
后来，在它们中间
绣上了一个一个活灵活现的人物：
摇着拨浪鼓的儿童，手拿旱烟袋的老汉
她一针一针绣
最后，一笔不落地绣出了整个白麻村

她唯一没能绣出来的
是提前消失的人和被他们消费掉的时间

（原载《星星》2018年第2期）

## 夜雨寄南

东　涯

大雨将至，我不知该对你说些什么
窗要关好
车子不要停在低洼处
如果一定要外出，记得带伞
不要在大树下避雨

也不要因为天光晦暗而难过
有些时候有些雨，注定会淋湿我们
现在，大雨已至
我要对你说的话，不比天上密集落下的雨点少
它们带着甜菜的气息
带着海洋里蛤蚧的气息，还有沙漠里的
鼠尾草的气息……所有这些
都化成酒的气息
这时如果我想起你
内心的潮水
绝不逊于这场大雨所带来的洪水
但我什么也没说
只是看着大雨落下来
想象“思君若汶水，浩荡寄南征”
想象一滴水
奔向另一滴时所发出的光芒

（原载《中国诗歌》2018 年第 1 期）

## 甜蜜而危险

东　涯

一个下午，我都在观察蜜蜂
它的飞翔，像我的
早年：不知疲倦。甜蜜而危险。

一个下午，我都试图
从它对花的膜拜中
找到派生的精神法则：不沉湎，不迷失，

因此，没有回不了头的艰难。

它飞翔像隐士，短暂的停留像庄子。
蜂巢是完美的修辞学，
而思想，是螯针。

一个下午我都在观察蜜蜂，我的眼睛
穿过了它，看向另一个世界。

（原载《诗潮》2018 年第 2 期）

# 光福镇的梅花开了

叶 梓

光福镇的梅花开了
而我更愿意来到古镇的深处：
司徒庙、铜观音寺以及稍稍破败的十里老街
那里有更多的秘密

料峭春风里
梅花，只是光福的日常生活：

我见过一位每年都做梅浆桂花的老妇人
梅花吐蕊，她就开始忙碌：
清洗，入缸，腌制
当梅浆做好，就开始一场漫长的等待

香雪海的十里梅花
不一定记得她：

一个至今秉承太湖流域古老传统的人

请原谅，就像梅花忘了她一样
我也要忘记刚刚看过的梅花
它们清冷、孤绝
被雅士们反复吟诵

我只想折一枝墨梅回家
祭献今晚的月亮

（原载《诗刊》2018 年 5 月号上半月刊）

## 秋 风 辞

叶 梓

周六的上午
她照例加班

更多的时候
她像一台高速运转的机器里的部件
不可或缺，签字、批阅财务报表、洽谈……
——欣慰的是，偶尔，只是偶尔
她能退回到房间一隅的一架古琴后面

面前的茶几上
有一盏默默倾听的紫砂壶
不知出自何人之手的梅花，开得很艳
梅枝上的鸟，像喜鹊

（喜鹊喜鹊
你也会为我们祝福吗）

琴声起
树叶落
并不连贯的琴声，声声似刀
手起刀落，有人缴械投降
甚至，交出被掏空的心与未知的未来

她弹的是《秋风辞》
在民国《梅庵琴谱》里，这是一支闺怨的曲子：
秋风吹散了梧桐叶
满地的金黄，看不出明月的前生
看不出一颗心易碎得如同一件精美的瓷器

（原载《北方文学》2018年第3期）

## 野　渡

叶丽隽

是啊，我一直渴望着
过上一种
流水一样的生活
离城二十里，依山傍水之地
寻下一栋旧屋。瓯江在这里拐弯
水面变得宽阔
恰如我，人生至此，泥沙俱下
怎能不敞开、不混浊
滚滚向前啊

我的觊觎之心——
那江上寂寥的渔夫、那岸上荷锄的农人
笑声爽朗的卖柑者
我一一羡慕。我能做些什么呢
蔚蓝苍穹之下
火车穿过山腰，白云隐在峰顶
橘花开得漫山遍野
细碎的花瓣飘落
去年的果子半埋在泥土里，静静地腐烂
而埠头上
那艘已经离岸的庞大渡船
此刻却缓缓折了回来
把我捎进远远的呼喊和马达的喧嚣声中
捎进人群中

（原载《人民文学》2018年第9期）

# 野　蕨

叶丽隽

这真的，难以说清——
多年之后，当我重返水阁
跑过小镇的碎石泥路，躺进山腰
蓬乱的灌木丛中
野蕨，毛茸茸地探出身来
我从前为之哀伤的东西
出现了。那勃发的茎秆，是一种
游离的器官，显示着潮湿的内部
那卷曲，脆弱于世

又欲触及四周——我回到了自己
年轻的躯体
颤抖着，满是喘息

都说时光静静流逝，永不复返
请让我，试着重述

在我回溯、重叠的生命里
有几个浓缩的瞬间
如同幽暗的土地
封存着不可言状的奥秘，其间
阴影会升腾起火焰
埋藏的自我，会被反复耕耘，并再次见证
巨大的腐殖土
我从未离开

（原载《人民文学》2018年第9期）

## 在海边

叶丽隽

敬礼，摇曳的星辰
敬礼，无边的愤怒

我怀揣一头融化的狮子
蔚蓝的肺腑止不住地一片翻腾

但一定还存在着
比这滚滚波涛更为汹涌的东西

也更为古远。使我们活着
不停地受伤，不停地赞美

倘若我能够说出
那将是怎样的一种寂静

（原载《人民文学》2018 年第 9 期）

## 春夜微醺

叶丽隽

我已然自卑，所以没人再来斥责我
可是喝着喝着，就多了，就踉跄着，露出了尾巴
狐狸啊，獾猪啊
纷纷拱出身体的丛林。既然血已沸腾
既然你们宽容地回应——
我的兄长，我的姐妹
拥抱你，亲吻你，我全无障碍，轻盈又欢喜

（原载《人民文学》2018 年第 9 期）

## 离别轻一点好

代　薇

站台上，嬉笑声推着行李箱
一群年轻人在送别
没有眼泪和心碎

就像高铁时代
丧失了距离与远方
现在似乎只有死别才是别了
……科技太发达
在一起，不在一起
早就是肉身的事了
离别显得没那么重要

想起多年前毕业
和一个同学去搭公交
他去火车站，我去码头
分手时走了好远
回头看见他还站在那里
朝我挥手……
一生一次再见
再也没有见过
一代人渐行渐远
寡言中离别，沉默中回忆
离别轻一点好

（原载《读诗》2018年第1期）

## 一切坚固的东西都烟消云散

代 薇

巴赫《无伴奏大提琴组曲》
被誉为大提琴圣经
它严谨、精密
理念的高度与情感的

深度以及技巧的
难度，都是空前绝后的
它最著名的一次亮相是在1989年
柏林墙被推倒的时刻
伟大的罗斯特罗波维奇
放下一切工作
飞赴柏林
他独自抱着琴
拿着破凳坐到坍塌的墙边
向全世界拉奏这支曲子
他无法忘怀所有想翻越
这堵墙而丧生的人们
当他拉起萨拉班德
人群里开始有人哭泣
冷战结束了
一切坚固的东西都烟消云散

（原载《读诗》2018年第1期）

## 只有黑暗值得谈论

代　薇

只有黑暗值得谈论
光亮的东西都太浅薄了
回顾地球的历史
强者与弱者之间
短期来看
强者获胜
但弱者却是最终存活下来的一方

从微生物进化为鱼
其中的弱者逃离海洋
成为陆地上的两栖动物
更弱小的一方逃向天空成为鸟类
或者，爬到树上成为人类的前身

恐龙消失之后
地球上任何一个时代的强者
最后无一不消亡
人类，其实是弱者的后裔
所谓示弱
就是一次次逃离灭绝的命运

（原载《读诗》2018 年第 1 期）

## 住过的房子

代 薇

房子搬空的时候
环视空荡荡的家
发现在这里居住过的人
其实是搬不走的
你被永远留在这里
看着另一个你走出去
消失在小区尽头
不再回来
至于房子里面发生过什么
已不再重要

如果是美好的
你已经拥有
如果是噩梦
它已经过去了
房子如同身体
作为过客的我们
只是暂时居住在此生此身
那些死去的人
是提前搬走了

（原载《读诗》2018年第1期）

# 伊瓜苏大瀑布

代　薇

傍晚，一个女孩在墙边烧纸
她在地上用树枝画一个圈
然后将纸钱放在圈内
点燃，边烧边用树枝拍打
嘴里念念有词

忽然想起今天是你的忌日
你离开这个世界已经十四年了
距离《春光乍泄》上映
也有二十年了
可是伊瓜苏大瀑布还在呀
何宝荣，不如我们从头来过

（原载《读诗》2018年第1期）

# 温 暖

白庆国

早晨，父亲倒掉的炭灰是温暖的
琐碎细腻没有一粒沙子

那落在炕上的一堆花布是温暖的
母亲在不定的时间里
把它连缀起来，做成铺垫

二叔的羊毛是温暖的
我多想把手指插进去

九点钟照在墙根的阳光是温暖的
那里蹲了一群老头

我的邻居是温暖的
早早起床，扫净了一条通往外面的路

我也是温暖的
因为他们的温暖温暖着我

（原载《诗探索·作品卷》2018年第4辑）

# 麦子黄梢了

白庆国

一块方地
一块方方的金黄
中央是去年埋下的父亲的坟
坟上已长出了青草
一棵牵牛花深深地依附着他
我默默地注视着
父亲睡得极其安静

这是一块父亲劳动了一辈子的土地
从来没有因为劳累欺骗和遗弃过的土地
父亲死了
它就把他收留
让他入土为安

父亲是一个固执的人
他在阳世建造好了房屋
却住在了阴世

（原载《当代人》2018年第8期）

# 灯燃亮以后

白庆国

那个影子在我眼前消失以后

墙壁上的一盏油灯就亮了
那么小的灯头
不知何时把半个墙壁熏得黢黑
灯影里两个崎岖的头颅交谈了一会
小灯光把他们的影子印在对面的墙壁上很大，很高
但在白天，我从来没有见过他们如此高大
他们谈论的事情，我已经听了上百遍了
总是重复
就像每一个到来的春天
多一颗草叶或少一颗草叶
我在隔壁充满黑色的房间发呆
对于极度熟识的房间不需要灯光
我这样已经度过了三十个春秋
父母的交谈还在继续
他们无视我的存在
如果遇到重要事情
他们像两尊雕塑一样
不说一句话
面对灯光下的一个暗处

（原载《诗探索·作品卷》2018年第4辑）

# 记　忆

白庆国

当我们从垛顶
快乐地走下来以后
再也没有光顾它
王二进了城

我成了拖拉机手
每次从它旁边经过
我都忍不住看一眼
它突然矮了许多
像我父亲那次从医院走出来
顿生悲凉
我依然记得
那次有花花
她是唯一的女性
我们深陷在麦垛深处
由于深陷
无法平衡身体
深触着花花的身体
那一刻，我感到了异性的柔美
与不可言说的快意

（原载《诗探索·作品卷》2018 年第 4 辑）

## 无证之罪

冯　娜

我曾目睹一只老鼠的死亡，在一堆下药的谷物前
我曾目睹一只山羊的死亡，在磨出豁口的刀刃间
我曾用一块石头堵住蚂蚁松软的巢穴入口
我曾绕过一座拥堵的大桥，听说有人一跃而下

我曾在冬天取走了一个人的誓言
被爱的人，早就学会了做伪证
整天刮着镜子背后的水银

离开的记忆，在玻璃上流连了一会儿

我也和诸多幸存者一样，戴着皮手套
在数不清的声音中翻拣稀薄的光亮
偶尔敞开一线房门，端坐
像一个等待着浪子归家的慈母

（原载《诗刊》2018号5月号上半月刊）

# 刺 猬

冯 娜

我想养一只刺猬
培栽玫瑰的惯性让我对芒刺充满信心
路过宠物店的时候我想养一只刺猬
在邻居家逗猫玩的时候我想养一只刺猬
摘掉菜园中饱满的豆荚我想养一只刺猬
我知道它有尖利的牙齿，能一口气吃掉许多虫子
偶尔也会吞食蜥蜴和田地里的作物
它像我内向的童年友人，有一双拘谨又敏捷的眼睛
吵架后，他用刻刀在我的桌面写字：
“你好，对不起”
它喜欢在枯枝里打盹
像朋友一样在多年后藏起了自己
我想养一只刺猬，它蜷缩在我的篱笆周围
它就这样，在我的想象中被饲养
我为它种上一排排芸豆和蔷薇

（原载《江南诗》2018年第2期）

# 私人心愿

冯　娜

这也许并不漫长的一生我不愿遇上战乱
像祖父辈那样族谱在恶水穷山中散佚的充军
我愿有一个故乡
在遥远的漫游中有一双皮革柔软的鞋子
夜行的火车上望见孔明灯飞过旷野
有时会有电话忙音
明信片盖着古老地址的邮戳
中途的小站
还有急于下车探望母亲的人

愿所有雨水都下在光明的河流
一个女人用长笛上的音孔滤去阴霾
星群可以被重新命名
庙宇建在城市的中央
山风让逝去的亲人在背阴处重聚
分离了的爱人走过来
修好幼时无法按响的琴键……

最后的心愿　是你在某个夜里坐下来
听我说起一些未完成的心愿
请忆及我并不漫长的一生
让燃烧多年的火苗渐次熄灭

（原载《江南诗》2018年第2期）

# 蝴蝶消失

玉　珍

我遇到一只蝴蝶
它很大，离我很近
像曾在外公葬礼上见过的那只

那是他出殡后的清晨
一只蝴蝶在我们中间飞舞
停在了我手上，一动不动

这样持续了几分钟，在棺材抬起的时候
它突然朝山那边飞去，消失了
那是我外公的墓地
他们抬着棺材穿过那座桥
走向那座山
太阳像蝴蝶的眼睛那样望着我
它是冷的

在寒冷的千重山之下
我的外公像蝴蝶消失那样被埋葬

（原载《汉诗》2018年第1期）

# 远　处

玉　珍

曾有人真挚地爱我，毫无所求
他的爱像一扇关闭的殿门，而门内
飘荡着无望的寂静与悱恻

我不曾为此表达过什么
我能说什么呢
我的心幼稚如孩童，她疑惑
深思这复杂茂密的深沉

我并不知什么是爱
或许爱被人爱着的光焰
遥远，抽象，不可触及
天光般永恒，有点洁白的凛冽

（原载《汉诗》2018 年第 1 期）

# 我的母亲爱笑

玉　珍

我的母亲爱笑，像个天使
十几年前，哭的时候也如此坦率

她的牙很白，整齐又精致，
脸庞俊美如明星，却为糟糕的日子操碎了心

如今她终于快乐了许多
笑容像雪，在太阳下闪光

她的笑是我温柔的治愈，在那些
沉闷失望的日子，我想象她的微笑
必要在痛苦中往前继续跋涉

就像现在
她又像石榴花一样毫无顾忌地笑着
咧开一大排洁白的牙齿
像天真的孩童
在视频里给我送来飞吻

（原载《汉诗》2018年第1期）

## 我从未与世界如此和解

吉　尔

我见过世上最清纯的月亮
在寒夜的苏巴什城，她长久停留
我看到世界黛蓝，佛教黛蓝，寒凉亦在黛蓝中
我们对着镜头等月光变幻——时间如河

我从未这样对月亮痴情
也从未这样内心柔软，在月光里飞翔

整个晚上我们都在等月亮升起，等她靠近古城
溟蒙中，靠近前世
我们拿走那一夜的月亮，卸下白日的苍凉

我们拿走黛蓝的手记，风吹醒亡灵

我们与这残城的寂静多么融洽
穹窿孕育，佛香聚拢
我们内心澄明
在这纷繁的人世仿佛绝尘而去

（原载《铁门关文艺》2018 年第 1 期）

# 现　在

吉　尔

一大早拉木头的车就来了，他们从路对面推倒的废墟中
扛出大梁和椽子，有人用小拖拉机
装满捡拾的砖块
卡迪尔去邻村为母亲家、妹妹家和自家寻找住处
回来时说“一大家子先住一起，
熬过冬天再说”

他的妻子已经开始收拾零散的家什
她在这里结婚，生下两个儿子
柜子上褪色的“喜”字还在

她太熟悉这里了，家里的毛毡味、院子里的鸡圈
和屋后的菜窖
她太熟悉这里了，院外的核桃树和墙角的馕坑
站在树桩上，就看见北斗星
过世的父亲就住在上边
现在，麻雀从一棵树上跳到另一棵树上

像是在慰藉那些消失的事物

（原载《铁门关文艺》2018年第1期）

## 越来越像我的母亲

吉　尔

我越来越像我的母亲
对着阳光打盹，在晾衣绳上抚平绸缎

河流、琼枝玉叶都在我的身体里
我的母亲也回到了我的身体
我们打盹，摊开双手
那是北方的雪花

看不到酒馆禁闭的红漆大门
丰收的乡亲
咀嚼着油炸花生米。从这里经过
丢下啤酒瓶。咣当一声
又俯身捡起
我眯着眼睛看他们，就像阳光眯着眼睛看我
这些走近生活深处的人
当我这样想
我就越来越像我的母亲

（原载《诗歌风赏》2018年第1卷）

# 诗与生活

朵　渔

头顶上星空的棋盘刚布好局
脚下是日夜流淌的伊犁河
酒局刚散，我们讨论着严酷的现实
和不可能的未来，似乎已无路可走，
但生活又在一年年过下去
这样就挺好，虽然很无奈
毕竟还有诗，将我们带进虚无里
他说他因忙于生计而无法进入诗
我不同，我因长时间生活在诗里
以至于无法进入生活——这是
我们的不同，但也难说谁对谁错
也许正是那不是诗的唤起了爱
那不是爱的填充了生活……
我们沉默着，月光洒满伊犁河。

（原载《山花》2018 年第 3 期）

# 我为什么屡次提到死亡

朵　渔

黎明的光照让荒野燃起了金黄的火焰
虫蚁们躲在洞穴里，众树披着霜雪的盔甲
当它们抖落身上的重负，汇入这金色的合唱
赤裸的大地，映现出我们赤裸的生命

在这庄严的秩序下，让我们来清算一下
自己的生命——
我看到我的前半生已足够丰满
我不知道我的生命在何时结束
我看到过人生中最明亮的时刻
也有过泥泞、晦暗如一场痛苦的雪
我屡次提到死亡，因为我们确切无疑地
拥有自己的死，死即是生
夏天属于少女们的裙子
冬天属于老人们的密室政治
死亡是一道寂静的褶子
让我们从人性的幽暗地带安全逃离
当人生的罪责接近圆满时，我们还可以
把死亡当作礼物接受下来
总算有一个终点在等着收割我们
让我们一生的债务能够清偿
我从来不曾欠钱不还，我在这人间
唯一的债务，就是我曾经爱过你

（原载《山花》2018 年第 3 期）

## 夜的光辉

朵 渔

那是我坐绿皮车去为一位诗人送行
赶回来时已是夜深
小镇安睡在华北平原上
如一枚蛋孵在上帝的腋窝
万有在夜空中化为诸神的气象

大气稀薄如一层膜
猎户座高悬在头顶
腰带三星如安静的药丸
夜的光辉如黑暗所剩余的部分
收敛起大地上所有溃散的光
深沉的睡眠让人间变得这般寂静
一只兽迅疾的身影在街角一闪
万籁俱寂中，我仿佛听到死者
在跟维特根斯坦轻声耳语：
让我们做人——清晰，沉闷
如同静夜里一声蓝鲸的咳嗽

（原载《山花》2018年第3期）

## 旅　程

关晶晶

常常醒来不知身在何处
旅途上的客栈，梦里的暂寄
与家中并无不同
一个人喝茶，望天，翻拣旧物
一个人打量无常
并与路上的人道别
银杏黄，枫叶红
桂香散尽，又该起程了
明天窗外应是西岭的千秋雪
应是，一个人的知冷与寂静

（原载《读诗》2018年第4期）

# 日子就这般一去不回

关晶晶

一片树叶落下，落在时间的尽头
起风了，万物涌现，众神归位
我忆起童年，明亮如此刻
碧水生起绿藻，池鱼和光而卧

北方的天空流火
骄傲的智识纷纷扰扰，纠缠不清
那是文明世界的一团谜
任何身份都耻辱啊，如风中扬尘

一半星光一半雷鸣
瞧，山背后是云起之地
高原上的夏夜未尽，秋风已凉
日子就这般一去不回

（原载《读诗》2018年第4期）

# 距　离

关晶晶

人一多，我就容易跑神
跑得很远，大概只剩一粒绿豆的人影那么远
大家都说我不爱说话
那是因为我们的距离，他们

听不到我说的话
没关系，我的话只需要听得到的人听
没关系，我本也无话可说

（原载《读诗》2018年第4期）

## 林涧夜曲

关晶晶

美是悲哀的，像烛泪溢出生命
精力的边缘口齿不清，索性就闭上嘴，熄灭烛火
把目光投向远山，以及更遥远的星辰
溪水奔腾而下，是谁在奏鸣？
秋虫切切，音符穿林，弹响了时间
早上桂树刚长出新枝，夜晚花便开了
早上的我还年轻，夜晚，我便老了

（原载《读诗》2018年第4期）

## 离乡行

衣米一

那时多年轻
从不考虑生死
女儿尚小
远没有到叛逆期
父母可以永远活着
想吃他们做的饭菜

就回一趟娘家
一部《泰坦尼克号》电影
重复看七遍
那时，杰克和露丝
鄙视金钱
貌美如花
男不言婚，女不言嫁
爱情饮水饱
那时，做梦
都想离开湖北
不离开，就找不到他乡
不离开就找不到故乡

（原载《汉诗》2018年第2期）

# 恩　典

衣米一

捡回一棵仙人掌，就要备上一个花盆
备好土，再备好水
就要请出一个种它的人
最好的事情是能够喜欢上它
它的前半生是绿的
就要保证它的后半生也是绿的
它曾经在路边等待末日，像一个没有家的人
以后就让它在一间房子里等待末日
像一个有家的人

（原载《诗潮》2018年第1期）

# 台　风

衣米一

台风快要来了
门窗必须关紧
食品和水必须备足
蜡烛和手电筒
必须放在顺手的位置
马路上的广告牌最好是取下来
树木也需要加固根基
杂乱的枝丫干脆砍掉
危房就让它空着
如果有远方的亲人担心
就向他们报一声平安
作为一个多次历经台风的人
应该像一个多次历经恋爱的人
在新的一次来临之前
保持镇静
有条不紊
抱着必败之心
造着能赢之势

（原载《诗潮》2018 年第 1 期）

# 我和你的样子
——给女儿

灯　灯

黄瓜花在清晨，是嫩黄的样子

不比天牛在黄瓜叶上，天线接收旧信号
不知所措的样子
亲爱的，这也不是我想描述的
我和你的样子
雨在昨夜下过，其中一些
落进你少年的梦中
梦中，你拼命抓住考题、作业
你拼命
想看见花开
雨水滑过睫毛栅栏
我在梦外
守着你，但守不住雨水
这也不是
我描述的，我的样子
你经历我从前没有经历的生活
所以你不可能成长成我
有一天
你会像我一样不知所措，像我一样
担忧、沮丧、挫败……
那时，你和我的样子不同
但相似
你会想起我，而我想起我的母亲

（原载《山东文学》2018年第6期）

# 石　头

灯　灯

石头不会说话，一说话

就领到崭新的命运：或滚落、或裂开
挖土机开到山前
采石场彻夜不眠
这一辈子，我和无数石头相遇
看见过它们的无言，以及无言的复制
这么多石头，那么多石头
分成很多块，一样奔波，一样无言
一样在无言中
寻求归宿
很难说，我是哪一块石头
这么多年，我在外省辗转
我看见最明亮的石头
是月亮
我看见月亮下面，山岗、河流、房舍
各在其位
各司其职
是的，是这样
就是你想的这样：
碑石寂静，而牛眼深情

（原载《山东文学》2018 年第 6 期）

# 黄　昏

灯　灯

鸟鸣向上，乌云飞跃两岸
跟着麦子回家的
我的亲人
已在云梯，唯一的光亮处

露出我才能看见的笑脸——
这么多年过去了
水一直在流
叶子一直在落
我从清晨来
将要到黄昏去
我所知道的，不会比此刻更多
我所领会的，不可能大于明日，我愿你永不会领会
永不会——

亲爱的孩子
我只愿你看见：

黄昏寂静……命运落下灯盏。

（原载《诗潮》2018年第3期）

# 即　景

灯　灯

大雨辽阔。小雨温润。
水葫芦开粉花，但把秘密
深藏于水。
我所见之清晨，鸟鸣翠绿，蛙声清凉
石头露出地表
泛红的纹路，透露艰辛
我所能描述的，是你也看见的
我说不出的事物
是你

也不愿提及的——

一只蚂蚁翻过鞋底
因你我的不提及，和掩护：

来到了清晨的高处。

（原载《诗潮》2018年第3期）

## 我曾冒雨看过一场电影

江 非

我曾冒雨排队看过一场电影
电影中有一支队伍在冒雨前行
经过一个山谷时有一个受伤的士兵昏倒了
等他醒来，队伍已经消失得无踪无迹
他只好冒雨爬向了附近的一个村子
电影放映到这里，故事还远未结束
后面还有很多的情节，很多的场景
但多年后我又想起这部电影
回忆总是到这里为止
因为在他醒来的时候摄影师给了他一个特写
当银幕上出现了他睁开的双眼时
我看到了人死后又重返人世的神情

（原载《诗潮》2018年第5期）

# 乡村墓园

江　非

我的祖父使用了
我曾祖父后面的一块空地
我的祖母使用了
我祖父身旁的一块空地
我祖父后面的一块空地
将归我的父亲使用
我的母亲将
紧挨着我的父亲
后面剩下的一小块空地
那是我的

可再往后呢
再往后已经没有空地
再往后已经是一条横贯而去的高速公路
这儿已经没有灵魂的土地

（原载《诗潮》2018年第5期）

# 未达之地

江　非

一片没有人迹的树林
多年来
没有人进入

也没有人从那里面出来

一片无人光顾的树林
没有人对着它喊话
也没有人曾在里面应答
位于一个山包下面的山坳内

它看上去比别的地方更加茂密
那应该是根更加安静、发达
或者是覆着厚厚的落叶和梦
一直在那儿沉睡

或许那树林的存在一直就是真的
我和别人都曾站在高处眺望
都曾想试着接近、进入那片密林
都在半路上折途而返

回来的路上，每个人的原因各不相同
有的是不想走那么远的路
有的人是惧怕了那没有人迹的去处
那么我？我是因为什么

也许我只是偶尔想象着有这么一个地方
离人不远，但人迹罕至
于风雨之夜，于深深的劳顿和倦意之中
有一处未达之地，让心有所属，而渐渐沉寂

（原载《山花》2018 年第 8 期）

# 给 妹 妹

安 琪

但我早已预知，一切的结局，譬如你，譬如我
都是我们自己决断的
一切的结局，都没能，给父母，带去美好的
关于此生的回忆
我们都是父母的坏孩子，我们用一连串的恐慌
把父母训练得，胆小如鼠。

（原载《读诗》2018年第1期）

# 有故乡的人

安 琪

仅仅只需一架回乡的飞机就可填满天空的空旷

仅仅只需一个回乡的人
就可让机身变得沉重，沉重地穿越气流
颠簸如同起伏的心事。

仅仅只需一个词就能告诉你我也是有家的人
漳州，漳州
多年前我写过，我很快就要背井离乡。

漳州，漳州
为什么你要问它在哪里？

你的问如此残忍，如此无知！

仅仅只需敲打此诗
就能让我眼眶湿润
如果你为此流下了泪，你就是我的亲人
我打开家门
我来到客家楼
我坐在图书馆，就好像
我从未离开你们。

（原载《读诗》2018 年第 1 期）

## 我是被时光磨损的废品

那 萨

下山时，他们正好上山
我用四目巡视，他用微笑迎向
与老人们碰头、碰脸、拥抱
嘘寒问暖，母亲说
小时候我和他是认识的
帅气，灿烂
仿佛，我是被时光磨损的废品
杵在人们问安的路口
羞涩地，不知所措

（原载《诗探索·作品卷》2018 年第 4 辑）

# 对 镜

那 萨

“杀生者冒着下地狱的风险
成全对方还了债”

远处正在下雪

看见，吃腐肉的秃鹫很难一下飞上天
它们要踱步，有时踱步到半山腰
缩着脖子，灵魂在痉挛
蚂蚁再追赶，闪不过一个小脚掌
鸟巢再高，一落地全碎了
修佛的人惦记着酥油
光不仅是点给自己

“看到的都是自己的对镜”

看一棵树，冒着绿意
透着苍凉，像一个
从木头纹理里思考生命的人

我站在树下
看自己

（原载《诗探索·作品卷》2018年第4辑）

# 在庙里，打盹

那　萨

路边静默的泥塔，有过雨水和阳光
路边缓慢的风，卷走了一个喇嘛
缓坡上尽是檀香

供水的小孩，玩耍的小孩
裹着湿漉的红袈裟
一群慈母般的喇嘛
拧掉了多余的水

门板上扣着空铁环
注视久远的锈迹

花瓣都在枝头
狗吠在巷子深处隐现

有人念出咒语，在耳边
擦拭梦中的灰
我在河里捞一个影子

（原载《诗探索·作品卷》2018 年第 4 辑）

# 迷　途

孙方杰

没有多少爱，多少事物，让我告别

故乡已经回不去了，我想和童年的伙伴
灯深夜语，有的已经故去
有的已经被生活逼成了哑巴
我想成为他们寻找拯救的向导
而自己却走进了迷途

谁能够给我忠告和解脱
谁能够为老年送回青春，为孩子送回童真
为少女送回梦想和爱情
我在刹那与漫长的光阴之间
看孤单和大风，在流年轻度中隐现

我路过了母亲怀胎，十月分娩
路过了少年轻狂，青春张扬，还在路过中年的彷徨
我还活着，还能扬鞭驱骑，寻找更远的路途
看着流星滑落在明亮的海面
我恍然明白，我就是月亮的一次盈亏与圆缺
一粒尘土的升起又落下

（原载《泉州文学》2018 年第 2 期）

# 路　过

孙方杰

我在路过这个世界，以人生的方式
和这副肉身。我在花里酿蜜
钟情于槐树、梧桐，和灌木丛
挂在身上的荣耀，并不属于我
一阵风就会刮跑很多

那些耗掉的光阴，已不能挽回
时间融化在了山川、车站、码头
如果我一次次穿过寒伤的花园
或许会得到女神的怜悯
这并不是我需要的，我时常叹息着
在充满水汽的天空下伸展
在烟波无际的下面，在浩瀚中
我路过这个世界，带着叛逆，疑惑
和贪婪。我驱车走过满是鼠洞的草地
把苦难放生，把遭受的凌辱锁进梦里
我放下负重，放下戴在身上的咒语
以人生的方式，和这副肉体
路过这个世界，我所需要的不是那座花园
我所终生寻找的
或许只是五百年前救下的那条白蛇
或者曾经指腹为婚的那个女娃

（原载《泉州文学》2018 年第 2 期）

# 落　叶

孙方杰

我看见的这片叶子是在芒种这天
落下来的。他的全身依然坚强地绿着
忧郁的表情，看上去
像是早已过够了那种上不着天
下不着地的日子。

而此刻云很淡，地很厚

天很蓝，时光流转。而此刻没有风
阳光和煦。而此刻
它带着它消亡的应有速度
轻轻地落在地上，甚至
没有惊扰任何一只行进中的蚂蚁
它落在大地上的样子
不是躺着，而是脸面朝下……

（原载《诗刊》2018年第3期下半月刊）

## 河州砖雕

阳 飚

河州自古多英雄，英雄多感叹生不逢时
晚了江山，晚了美人，晚了自己

刀枪剑戟生锈，夕阳长草
换一把雕刀，浅雕改透雕，改镂空雕
雕一壁《江山图》，英雄煮酒美人倚栏
美人看大夏河水，流过足踝
美人不知道，风吹瘦了她的腰肢
吹热了又一代少年的心

（原载《读诗》2018年第2期）

## 礼县桃花山

阳 飚

据说，刑天葬首于此

刑天舞干戚，先把脑袋安顿好
然后继续提着盾牌举着大斧挥舞
刑天累了，且打盹千年再说

桃花开了败了，桃花山下
一座早已废弃的刑场
一桩多年前的冤假命案
一个阴魂不散的女子
有人看见她披头散发，口红比血还红

此一时间，夕阳若
当年县政府门口死刑公告上的大红印章
悬挂在桃花山顶，迟迟不肯落下

（原载《读诗》2018年第2期）

# 怀　素（737—？）

阳　飚

吃肉、醉酒，云游、挥洒笔墨
可以大致概括为怀素的生平简介

知道“怀素书蕉”吗
芭蕉叶大而宽，可以反复书写
怀素斋号亦曰：“绿天庵”
传说怀素在寺院四周种植芭蕉一万多株
光种芭蕉还有时间念经写字吗
米芾论怀素：“如壮士拔剑，神彩动人。”
如此，我想比喻怀素亦如花和尚鲁智深

鲁智深舞杖，怀素拔剑，可谓旗鼓相当
李白《草书歌行》：“少年上人号怀素，
草书天下称独步。”
何谓独步？就是骑一柄剑飞来飞去
天下无双孤独求败的侠客

“老僧在长沙食鱼，及来长安城中，多食
肉，为常流所笑……”
怀素《食鱼帖》墨迹浮动
瘦削的字恍若一条条骨刺裸露的游鱼
满纸狂草，多不辨识

（原载《诗刊》2018 年 2 月号上半月刊）

# 脚手架上的女人

苏　龙

“拉——再拉——起——再左一点——好了——”
她站在脚手架上向一位男工友大声喊话

“只要爬上脚手架，我常常会把这里当作我家
工友，砖头，水泥，钢筋，铁锹仿佛
就是我的男人，儿子，牛羊，蔬菜，农具
而在夜里，当我孤零零一个人躺在工棚
那无边的黑像一群虫子，咬得我不能入睡”

当她说这些的时候，我感觉一群虫子
正在我身上悄无声息地咬着

这个叫孔改香的女人来自四川，今年 47
已经三年零九个月没回过一次家

（原载《诗探索·作品卷》2018 年第 2 辑）

## 看不见的雪

苏　龙

哭声四起，瓷盆落地
细碎的烟灰，蝴蝶般落下又飘起

一个人的一生被一双手轻轻捧起
一个人的一生没有一张纸的厚度和距离

十二月。雪迟迟不肯下来，而它创造的世界
此刻，已站在窗外——

那个表情黯淡、形容憔悴的女人
身上被一层厚厚的雪花覆盖

这些谁都没有看见
包括那个小男孩

他手捧灵牌低着头走在人群最前面

（原载《诗探索·作品卷》2018 年第 2 辑）

# 说 话

苏 龙

我只能读着这些发旧的信件和你说话
一行行清秀的字迹，花瓣一样散落在我眼前

像白昼带走了太阳
像黑夜带走了月亮
时光的那头，再也没人将我轻声呼唤

蜜蜂牌洗头膏的味道不再闻过
床单，枕头不再有茉莉花香的味道

每周日下午
再也听不到邮差在小楼下大喊：
苏龙，有你 ×× 来的信件

（原载《星星诗刊》2018 年第 4 期）

# 在徐家汇公园

苏历铭

坐在长椅上
我看见一个胆怯的小女孩
躲在树后
张望着行色匆匆的人群
她用一张素雅的绢纸

把自己包裹起来
像一枚前世的糖果
活在内心深处

和她对视的瞬间
她忽然低下头来
却没惊慌跑远
月光沿着烟囱洒在湖面
过街天桥横跨时间
白昼变成夜色

我想给她讲一个童话
在带院子的房子里
阳光照进窗子
照亮深色的木质长桌
遮蔽尘世的喧嚣
静若一朵花
人生其实很长
有时要用无数个日夜
才能把美好的花瓣
撒满全世界

（原载《读诗》2018 年第 2 期）

## 暴　雨

苏历铭

硕大的雨滴击打窗台的声音
像医生的铁钳，在口中

寻找残缺的蛀牙
风一阵紧过一阵
拍响玻璃窗

懒得起身察看窗子是否关严
暴雨顶多是一只豹子
从空中扑到地上
人世间不缺少愤怒
暴雨的愤怒冲不走内心
深藏的悲苦

突如其来的雨
无非惊扰熟睡的我
它肆无忌惮地击落树冠上的叶子
却伤害不到人类
我有十二对肋骨，任意抽出一条
都能变成巨大的伞

此起彼伏的暴雨
逼迫我滞留异乡
其实我并不急于赶路
任凭雨下个不停
何事慌张，不过是再一次
把异乡当作故乡
把余生泡成
一壶茶

（原载《读诗》2018年第2期）

# 黄鹤楼下

苏历铭

登黄鹤楼
一层层攀缘而上
直至触碰空悠悠的白云
长江蜿蜒穿行
千百个楼宇遮蔽碧空下的孤帆
公交汽车缓行于桥梁之上
依旧那么慢

故地重游
我的鞋底早已沾满一地的泥土
多想抖落尘埃
重新变成不谙世事的孩童
或者一只翻飞的麻雀

离别是短暂的不见
有时却是一生的永诀
李白送别他的兄弟
烟花三月，不过是去了扬州
而现在的离别往往消失于
茫茫的人海

坐在揽虹亭的木椅上
看庭院的梅花
一簇簇地闪耀生命的火焰
春风摇晃风铃

叮当响的脆声里，一只静卧的猫
忽然站起身来

（原载《诗林》2018 年第 5 期）

# 青　山

苏历铭

用软布擦拭碑身时
忽然听见祖母轻唤我的乳名
她已逾百岁，白发苍苍
像一朵很小的白云
悬于我的头顶
抬头望去，总能看见她
慈爱的目光

怀念她的粗布衣襟，我曾藏于其中
偷看大千世界
这些年来每当内心绝望
都会来到祖母墓前
坐在她的对面，向她倾诉
秘不示人的悲苦和怨恨
在口是心非的人间
似乎只有她不会出卖我
让我清空自己
变得比风还安静

祖母葬于青山之间
还原为一粒无声无息的草籽

春天发芽，秋天败落
四季只是一个轮回
等到某一天，我也会变成一粒草籽
不离不弃
我们都在青山上

（原载《读诗》2018 年第 2 期）

## 黄　花

李　庄

我已记不清是 2004 年还是 2005 年夏天
去的韩国。在三八线南侧的一座桥上
我看到了那幅照片：泥土浅埋
一只钢盔生锈的弹洞中伸出一枝黄花
我已记不清摄影家和黄花的名字
记不清钢盔属于哪方部队
更无法知道钢盔被一颗什么型号的子弹
击穿。那个戴钢盔的人是谁

那枝黄花从那个人的额头里生长出来
在我的脑海中摇曳

（原载《诗探索·作品卷》2018 年第 4 辑）

## 陨石或失败之诗

李　庄

“这世界值得仰望的事物

一是头顶的星空，二是心中的道德律令”
每当读到康德这段话
我就无端地想：爱因斯坦飞扬的白发
多像彗星的尾巴……而霍金歪斜在
轮椅上的头颅同宇宙一样浩瀚
前日夜半，有陨石落于东南
我闻讯后驱车前往，不料
只余一深深的陨石坑满含空无的神秘
回程中我猜想陨石的偶然和必然
它有怎样的密度，体积才经得起
穿过大气层时那激烈的摩擦——不致泯灭
这是怎样的坠落？如策兰极速的语言
划过黑暗的心灵，留下喑哑的陨石坑
逼视着存在的荒芜，人的暴行
下车小便时忽然想起祖母常念叨的话
“天上一颗星，地上一个人”
于是，我轻松地评价了自己：一生
安全地跪在泥泞的地上，没有失败的资格

（原载《诗探索·作品卷》2018年第4辑）

## 世　界

李　琦

从前，我年轻，特别爱谈世界
我的向往和好奇，无边无际
世界之大，太多想去的地方
每次远行，兴奋得都有些慌乱

如今，我的世界
具体而琐碎，触手可及
就是眼前的饮食起居
包括常去的药房、书店、超市
年迈的父母，就是整个亚洲
要安于倾听，母亲的前言不搭后语
谨慎耐心，搀扶不能自理的父亲
艰难地下床，一步一挪
气喘吁吁，坐到他的老椅子上

流水的光阴，铁打的世界
我貌似已循规蹈矩，心生凉意
却依旧在世界的目光下，想象着世界
世界，你如此博大、绚丽、神秘
你的千般美好，你的险象环生

包括由你生成的各种遗憾，锥心之痛
依旧具有如此魅惑——
你地心引力般的沉沉召唤
你的深不可测，你的不可抵达

（原载《草堂》2018 年第 6 期）

# 路过少年宫

李 琦

少年宫，三个字已经足够
让我驻足。三个琴键，按响了往事
时间倒转，昨日重来

我们十二个女孩子
正随着钢琴起舞，有人错了
又有人错了，无数遍练习
仅仅是一个出场，老师目光凛然
谁也不许错！你们就是一个人！

十二只小天鹅
十二枚树叶
十二朵雪花
十二棵小白桦

如今，十二个人里
有祖母、外祖母
有伤痕累累、不肯再回忆往事的人
有早已改变国籍的故人
有连站立都成为奢望的患者
还有人，已经变成了墓碑上的姓名

我们曾是一个人，“红领巾舞蹈队”
最终，以不止十二种方式
各自飘零，经历不同的战栗
承担属于自己的命运

而那“少年宫”三个字，依旧冷静
甚至神秘，苍茫世事中，成为旁观者
此刻，它又看着我重新变成当年那个孩子
单薄而天真，正望着老师
她优美而严厉，来！孩子们

你们想象远方，抬头，再抬，往远处看——

（原载《草堂》2018 年第 6 期）

## 和两位诗人参观犹太会馆

李　琦

这一天，宁静的会馆
只有我们三个参观者，安静地
参观，凝望，在他人命运的痕迹前
脚步轻缓，心思郑重

什么能有岁月这么富有力量
一些重大的事件，最终
不过变成一条简介或注释
曾经的不可一世，包括
被定义的正确甚至伟大
烟消云散，而绵延流传的
永远是文明、尊严、辽阔而柔软的爱
还有，看上去纤弱单薄的那种美

比如，呈现这一切的——
那堵召唤一个民族面壁祈祷的哭墙
那些穿越岁月的眼神，以及
几句话，一本书，一阵歌声
或者，刚读了几行
就让人内心汹涌的诗句

（原载《草堂》2018 年第 6 期）

# 忆 西 湖

李元胜

还记得，骑着自行车
从漫天黄叶的灵隐寺下山
我们张开双臂，那一瞬间
倾斜着的西湖
像一个微微发光的漏斗

很多年了，不再骑自行车，
也很少张开双臂，只是默默喂养着
用经历过的倾斜群山和城市
用那些追悔莫及的时刻

又一次，在西湖边坐下
我们聊天，辨认彼此的锈蚀
谈论到各自喂养的小湖
一切突然安静，就像
有什么重新穿过我们
悄无声息地回到湖水之中

（原载《人民文学》2018年第7期）

# 黑丽翅蜻

李元胜

沿着田间小道，黑丽翅蜻稳稳地飞着

小道向左，它也向左

习惯于这样的丈量
人间的道路，在它们翅上纵横交错

它们宽阔的后翅
满载黑色金属，仿佛源自另一个世界

习惯于，跟踪拍摄黑丽翅蜻
它向左，我也向左

在屏幕上，无数张照片串在一起
像一座发着光芒的黑色运输带

习惯于这样的搬运
如同我们，永远不知搬运何物

来的世界，已经遗忘
去的世界，一片苍茫

（原载《人民文学》2018年第7期）

# 给

李元胜

有一些风雪我们未曾经历
有一些北方
永远不能成为我们的生活
我还是爱着南方，爱着这个

偏执的闷热的南方
也爱着多雨、植物繁茂
它的细腻和不可知

就像我爱着你，辽阔冷峻的你
也爱着，偶尔闪现
那一小块疯狂的你

是的，不同的你重叠着
有时和解，有时冲突
我爱着，它们之间的缝隙
点点野花悄然生长
我也爱着，它们交错时形成的——
破碎、弯曲的夜空
上面缀满陌生的星星

（原载《诗选刊》2018年第5期上半月刊）

## 青　台

李阿龙

俯身在桌，淡黄色，味道同雨
窗台，散放的课本，水杯上热雾氤氲
不远处，一团牵牛，葱郁未开

青藤纤细，沿着风，爬上暗润的石台
一天一天。每次，起身伸个懒腰。
我看着你，面向窗台。发丝结了青涩的花骨朵。

还要等多久呢?
“快开了，一场一场雨水催着。”
“可惜啊，这花开了，我们就毕业了。”

（原载《诗探索·作品卷》2018年第3辑）

# 如　初

李阿龙

仿佛是刚刚发生的：
初中的教室，书本的清香，老师拿着半截
粉笔，给我们讲一首诗

“长亭外，古道边，
芳草碧连天。晚风拂柳，笛声残，
夕阳山外山——”

一束柔和的光透过窗子
刚好落在黑板、老师的袖口上
一颤一颤的

那时，我还不懂得，什么是分别
总喜欢，看你
云霞染红的长发、脸颊

最初的东西，现在还是那样清晰，纯净

（原载《诗探索·作品卷》2018年第3辑）

# 纪　念

李阿龙

那是去年秋天，九月份的某天
跟你一起，走遍了学校附近的街道
老旧的灯光，肥厚的树影，一些或慢或疾的行人

陪你不到三个小时
谈话里，你不时微声呵笑
我略显激动，挠起后脑勺——

“明年，是的，明年，一定要给你
一个难忘的生日……”
你大方地笑出声来

颠簸不止的车窗上，聚拢了许些露水
我想起总不能实现的诺言，和
与你相见时总差的一点距离……

（原载《诗探索·作品卷》2018年第3辑）

# 我的大学

杨　角

这些年，我已在体内
建成一所大学，自任校长

所有课程全天候开放

文科在左心室区域，工科在右心室区域
研究生和博士生，安排在心脏部位
甚至可以高出我的头顶
动物学、植物学、社会科学平衡发展
白天上汉语课，入夜上外语课
一旦发现谁被暴力和猪油蒙蔽了心脏
加修一学期《圣经》
善良是校训，专业不细分。遇崇洋媚外者
多学《孔子》与《孟子》；对好吃懒做、脂肪过剩的人
集中上体育课，参加义务劳动

苦了那些学子们，摊上一个写诗的校长
搬寝室，课程搞混，是常有的事
女生住进了唐朝或民国，男生搬往隋朝和宋朝
动物学在人群中上课，美术课改在了森林中

本校长尊崇人性，倡导个性
凡打铁超过嵇康，挥锹不弱刘伶，大肚能容天下难容之事者
皆可毕业
对心怀杂念、自以为是，在校区内装神弄鬼之辈
一律留校察看，迁往体外的B区
由蚂蚁和瓢虫上课，教他们从最小处学起

（原载《诗刊》2018年4月号上半月刊）

## 观 日 落

杨 角

我常常咬着牙根写诗：
说到图财害命写一句

说到谋夫夺妻又写一句
一生的职业从多个方面限定了我
不小心常夸大仇恨
缩小了悲悯
今年八月，在云南大山包
我看到了最温情的一幕
从下午开始，无数游人
就坐在斧削的鸡公山上向西瞭望
直到黄昏降临，一轮落日
坠毁在远处山崖
那一刻，连怀里的婴儿
都像牛栏江的水，阒然无声

（原载《文学港》2018年第5期）

## 在壶口瀑布

杨　角

一个人的喉管切开来
就是这个样子——
她想说话，已吐不清字词，只发出阵阵刺耳的呜咽
黏稠的血不停地往外涌
几千年，我们把一条河叫作母亲
其实叫父亲更为合适
他一直在为这个家搬运泥沙
从黄土高原到中下游平原再到渤海
此生我是看不到那一天了
当所有泥沙全部搬完
我西高东低的祖国，将一马平川

一想到死后还要让父亲搬运一次，我就心痛
我决定死后，直接葬入大海

（原载《文学港》2018 年第 5 期）

# 冬　阳

杨　强

冬天按照自己的喜好装修了这个世界
连一只麻雀飞翔的姿势也是冬天的

天空也是
它是生产白雪的工厂

太阳也是
它显得弥足珍贵

老人眯着眼在屋檐下
打盹。一个村就安逸起来了

几个我叫不出名字的老人
我突然喊出了他们孙子的名字

我突然温暖起来
就像别人看见我奶奶
突然喊出我的名字一样

（原载《诗探索·作品卷》2018 年第 2 辑）

# 去 兰 州

杨 强

弟弟在兰州打工
三十岁，又失恋了
今天是他生日
我想借此机会安慰安慰他

我去时
他接我，他看我时他笑
但我还是看到了他眼里的风沙
兰州的风沙一直大

我让弟弟陪着我去黄河边上
黄河边上的风似刀子
我一张口，它就准备割我的舌
我就闭口

三只鸭子在水里游着
它似乎给我说：这就是生活
再冷，都要出来觅食
弟弟可能比我懂得要早

（原载《诗探索·作品卷》2018年第2辑）

## 他想要的极致，深埋悲剧

杨　强

他想的蓝，纤尘不染
一个风和日丽的夏日，他望着蓝蓝的天
陷入越来越深的忧郁

他想要的瓷器，深埋地下
一经见光，那么多贪婪的目光从四面探来
恐惧之心已先于瓷器龟裂

他想要的女人是桃花一样的女人
一经出现，那些像蜜蜂一样的男人
先把他蜇伤

……

他想要的极致，深埋悲剧
人们都忘了他曾经爱过
现在他只是一个可怜之人

（原载《诗探索·作品卷》2018年第2辑）

## 我在所有事情中都找不到存在感

杨庆祥

第一件事不是吃早餐，而是吻你

食物没有灵魂，你的嘴唇甘美

第二件事不是阅读，还是吻你
文字徒有外形，你的舌头芳香

第三件事不是午眠
第四件事不是散步
也不是工作
也不是在五点钟见友人

最后的事甚至不是晚祷
（菩萨已经厌弃我了吗？）
不是死亡，是好好活着
好好活着好好爱你

我在所有事情中都找不到存在感
除了吻你
我在所有事情中都找不到不朽
除了相爱
除了在泪眼蒙眬的微风中我们相互覆盖

（原载《诗林》2018 年第 3 期）

## 四月，早安

杨庆祥

如果可以抵御水管的爆裂
在根部将大地的渗水堵上

如果可以遭遇一个情人的呓语
在她的瞳孔里读到孤独的情欲

把狗的嘴缝上
把蜜蜂的翅膀绑成了风筝

如果悬铃木正直倒悬在你的窗前
一串伟大的名字也不能阻挡
我的痛

好像失去一切了
事实也是如此

如果命运禁止我们去爱
我们还活着是为了什么

（原载《诗林》2018年第3期）

## 给母亲的一封信

杨庆祥

我一直想隐瞒，她读的书不多
中年以后，几乎不修饰自己
她也几乎不爱我和弟弟
她只爱父亲，经常大吵一架
然后又在黄昏一块散步
她说话声音越来越大。做菜放了
太多的盐。有时候会掉进一根头发，
花白的。我把它偷偷挑走

抬头笑着说：妈妈

我都这么大了其实我没有给她写过信
电话也很少
我们对彼此都没有要求

她从来不提自己年轻时的美貌
好像那是一件穿破了的衣裳
不过偶尔
她会要求我给她买一件漂亮的外套

她觉得会有很多人爱她的儿子
所以一直很放心
虽然事实并非如此，我还是会
笑着说：嗯，妈妈

有时候是在梦中
有时候
是在我恋人的耳旁

（原载《扬子江》2018年第4期）

## 收集云彩的人

吴乙一

她从采集云彩开始，学习制造彩云
她从高山来到大海。也到过城市
在地铁通道，听见盲眼艺人
弹奏出白云般的民谣

进入地下室，与阳光擦肩而过的一瞬
就此跟丢了云彩
她抓住过红云的软
见过的人都尝到了糖一样的甜
也曾被乌云的尖锐割伤手指
血滴掉向蓝天。她询问遇见的每一个人
包括穿灰长袍子的古人
一定要亲眼见到他们收藏的云朵
记住它们的形状、质地、重量
味道、颜色。她用泪水一一交换
养在不同的玻璃瓶，或同一个木匣子里
她跟随南风去过政府，到过博物馆
看着人们在公园跳起广场舞
她独自爬上木棉树，观察云行走的姿势
她生下一群孩子
给所有云涂上不同颜色
但也有无法描绘的，如透明，暗藏的声音
她已租下月亮的一个角落
铺上月光和露水
准备种下收集到的所有云朵
我们都相信，人间一定会长出形态各异
五颜六色的云彩

（原载《汉诗界》2018年第3期）

## 站在大雨中

吴乙一

除了这漫长的黄昏。大海刚刚平息

一场风暴，赞美落了一地
我们热衷于谈论其中的意味
比如“干净”，无非是用一场雨洗一次澡
无非是闪电消逝，就此相忘于江湖
如果你愿意在风中摇摆
愿意提着一盏灯，站在大雨中
山河模糊，醉酒者再次走在回家路上

（原载《星星诗刊》2018 年 4 月上旬刊）

## 夜　雨

吴乙一

醒来。银水塘正收下淅淅沥沥雨声
变成辽阔的、沉默的一部分
果树依旧缓慢衰老。可以想象
此时的鸡鸭牛羊安于自己的窝
人们仍在睡梦中，沿时光的河流逆行
我临窗描的字，或被风吹动
或许沾了雨雾，变得柔软、妥帖
我们刚刚从银水塘收获过年的鱼
现在，它像生产后的女人
重新开始慢慢蓄水
但这场雨足以让我忧伤。天亮之后
一位老人，将带着泥泞的啼哭
走向更深的光阴
还有更多人在回家路上
更多的事物腐烂如篱笆上的南瓜
那些弯曲下来

就要散落到地面的雨水
一定不能代替我的眼泪，换来青草生长
代替老人在淤泥里栽种莲花
等到六月降临

（原载《北京文学》2018 年第 4 期）

## 等待一朵菊花开放

吴乙一

八月将尽，我猜水流方向、花序排列
看着星光跌落某户人家屋顶
越走越急的月亮，只停留过三次：一次是遇见你
一次照亮密林出来的驼背人
还一次，将影子雕刻在旧窗台
世间有多少苦，就有多少种菊，抱紧细致的香
恍若下了一场又一场大雪。我欢喜的
恰恰是，即将开放的那一朵，有了新名字

（原载《星星诗刊》2018 年 4 月上旬刊）

## 母亲的心愿

余笑忠

我母亲因为到山上拾柴
又摔了一跤。又是右脚。所幸
这一回并不是太重
其实她的柴薪足够

引火的松针、树叶也足够
她只是希望引火之柴更充足
她只是抱持自己的愿望
好脚好手的，能动手就自己动手
她忽略了年迈、意外
她只是不想成天待在屋子里
也许她更想到山上去看看吧
那里林木茂盛，杂草丛生，山鸟雀跃
有些地方永远安静如长夜
也许母亲会在劳作的间歇
看一看山脚下静静流淌的大河
那里鱼鳞般的波光涌流不息
像母亲隐秘的心愿

（原载《读诗》2018年第1期）

## 雨　夜

余笑忠

雨淅淅沥沥下了一夜
在老家的床上，我居然一宿难眠
褥子垫得薄了
身子骨的柔软性也差了
又恐半夜起来，惊动了隔墙老母
只好轻轻翻来覆去
听淅淅沥沥的雨，下了一夜
细雨绵绵，不声不响
像母亲早年说过的话
而从阔叶上滴下的雨水

就像有谁一不小心，暗中碰翻了什么

（原载《读诗》2018年第1期）

# 生日诗

余笑忠

寒冷的一天，雨夹雪
人们辨认出
混迹于雨中的雪花
雨是现实，雪是旧梦
我推测五十一年前的今天
也是小寒，虽曰小，实为最
我是双亲的头生子
我的父亲母亲会依我的年龄
推算他们自己的年龄
就像我常以自己的年龄推算他们的
仿佛这样更牢靠，更确定无疑
就像后来，我的父亲走了
我依然这样推算
就像如今，我想把父亲应享的天年
加进母亲的寿命里
为此，我将继续混迹于斯世
上帝没有旧梦
灶膛常有烟火

（原载《读诗》2018年第1期）

# 星期天

余笑忠

从前，每个星期天我给父亲打电话
现在，每个星期天我给母亲打电话

在星期天的傍晚我说一通老家的方言
因为反对老父种太多的田
我们的争执延续到电话里
他总是说：来年不种那么多了

我的父亲再也没有来年
我的祖父说过：人去如灯灭

每个星期天我给母亲打电话
我对一盏油灯说话
我所说的一切就是护好那盏灯
让两个世界彼此相认的，唯一的
一盏灯

（原载《读诗》2018年第1期）

# 悲欣

余笑忠

母亲不好意思摊开皴裂的手
只用手背摩挲婴孩的面庞

她的曾外孙女，来自湖南
她说：要是你太爷见了，不知道有多欢喜
她又笑话自己：我说的话，你也听不懂哈

这是父亲辞世后的第一个春节
开春的太阳，暖和得像在做梦

（原载《读诗》2018年第1期）

# 别宜昌

余秀华

终是山归山，水归水，尘归尘
终是异乡升起的彩虹又落在异乡的水里
有这千古骚情，不见你在山门前屈膝磕头

大是大非大抒情，在为屈原的招魂曲里
我们一人拾起一个音符
国破家亡的柔情里，是一对一的星光和幻想

从此，你在蜀国，我在寻找蜀国的路上
蜀国的葵花新种了一批
我要一路唱下去，直到忘掉《九歌》

说到酒，屈原喝的是一种，你我喝的
又是一种
而今离开，身上落满鱼的味道

如同你的味道。水域太大，想抓鱼的人

必定两手空空
我们的小情小爱，除了伤及自身

在这快速南下的车上
也如魂魄一缕
重返烟雾缭绕的宜昌空城

（原载《读诗》2018年第2期）

# 甜

余秀华

向白要白，向雨要水，向你要你啊
向梦要梦，要一个纸做的人
在路灯下留下影子

向天要理。向地要情
向现在要一个过去
而过去，不过是现在倒映在池水里

你告诉我，哪一种爱不曾违背天理
哪一种毒没有裹满甜蜜
这甜蜜，在你的舌尖上

如一条闪电
击溃一树盛开的合欢
如警笛，呼啸而来

如此，我怎敢向这深井般的夜晚

要一个黎明

（原载《读诗》2018 年第 2 期）

## 岔 路 镇

余秀华

我还是早到了。在你中年这一劫上，埋好伏笔

这陌生的小镇，落日沉重
随着你的接近，风里涌动着故乡的气味
嗯，我就是为了找到故乡才找到你
旅馆门前的秋色里，向日葵低垂

我一直设置谜语，让你不停地猜
让你从一朵向日葵里找到最饱满的籽粒
人生悠长
你一次次故意说错答案

我们走了多少岔路
于这晚秋的凄清里，才巧遇
我已准备好了炭火，酒，简单的日子
和你想要的一儿半女

（原载《读诗》2018 年第 2 期）

# 夏天就这样来了

余秀华

许久，我不和你说话了
我以为这样就能够忘记你
像风剥离于风，像水起身于水
像崭新的骨头脱离于陈旧的身体

我们在夜色里行走
多么惶恐啊，我以为我盗取了
一个完整的人间，一个摸得着的地狱
风把一个40岁的女人吹成一个14岁的孩子

你送我一个旋涡
我却拉进了一个星辰
我把虚幻藏在身后，陪着你
旋转

是的，一些谎言就是禁忌
比如我们身披的虚名
比如我们手上的镣铐
只有禁忌如剥不出的病症

一切都会过去，像风溺于风，水死于水
而爱，从你的前胸穿过
你的后背

像薄冰沉到春天消失后的海里

（原载《读诗》2018 年第 2 期）

## 细雨里的一棵桂花树

余秀华

每一朵芬芳都很细致
仿佛昏黄的灯光里，一个人凑近来的耳语

那个时候我们在异乡
雨下得也细致
如同你慢慢靠近的脚步声

只是那些急切的香味，匆匆赶路
而纠结在了一起

仿佛星群浩瀚。此刻的群山起伏是好的
群山下的河流，河流边的篝火都是好的

雨通过一棵桂花树的经脉
流往荒野里的暗河

你走后的午夜
桂花树的芬芳如刃

一棵树和它散发的香味

孤注一掷

（原载《读诗》2018年第2期）

# 弄堂里的一桶火

邹汉明

那本书我早已翻破
封面满是斑点或霉点，虽然
我爱一个斑点的灵魂甚于爱光洁的灵魂
虽然我仍会翻阅
而不会翻一本太过光鲜的书

我曾爱书中的光头
关于爱，悲哀的家
关于都市的割草机
“很多人生活在弄堂里，
带着水桶里的火。”
而我就是中年弄堂里的一桶火

我曾在火中取栗
为我还有十指和完整的指甲骄傲
我曾怀着年轻的心爱诗歌
带着与生俱来的骄傲臧否人物

我本来就是一个乡下野小孩
爱打架，没教养
我曾像家乡的风一样自由散漫
偶尔使点儿小坏，我不该

将没着落的一桶火带进一条死胡同
未来，如果有足够的未来
会有一个新的力
埋我在一个陈旧的江南

（原载《山花》2018 年第 4 期）

## 一次远游

邹汉明

崇山峻岭间汽车走过好一个白昼
入夜时分，拐入两山耸峙处一条斜拉长桥
我背起黑色双肩包
来到一条更黑的山谷
但见一脉闪光的涧流
轰然有历史的冷冽回声

四年后
我还记得只我一人
坐在松柏下
抽烟，不发思古之幽情
但没来由地默诵阮嗣宗
“千秋万岁后，荣名安所之”

山风吹我襟
故乡与故人，正一点一点远去
完全想不到我会来这里
既听松风，又闻水声
而与我同行的一群人

挤在屋子里杯酒相喧，擎拳龋齿
唯独一脸星光的我
退出沸腾的人间
满心是大自然的天籁

（原载《芳草》2018年第1期）

# 西边河

沈苇

家宅被拆后，东边修起工厂围墙
早晨和傍晚，一天两次我往西边走
穿过挤成疙瘩的新农村建筑群
农人在可怜的一点空地上种菜养花
我认识丝瓜、扁豆、丹桂、枇杷
后来又认识了秋葵、木樨和薜荔
混浊小河通往大运河，看上去似乎
还活着，但谁也记不得它的名字了
有人叫他围角河，有人叫他西塘河
还有人叫它徐家桥的那条河
第一天，在河边看到钓鱼的人
他的耐心终于钓到一条小小的鳊鱼
第二天，有人给簇新的油菜苗浇粪
一勺一勺，像我小时候看到的动作
第三天，在河边想起儿时玩伴红鹰
家境贫寒，从小干粗活、重活
九岁溺水死。苦命而好心的她
是否已投胎转世在一户好人家？

第四天，从远方飞来一只白鹭
浊水沐浴，在一棵柳树下整理羽毛
休憩，好奇地望着暗淡下去的水面
第五天，我就要离开了……起风了
秋风吹皱河面，喜鹊在杉树上筑巢
父亲说，今年的巢比去年低了些
说明明年不会有洪水了……

（原载《读诗》2018年第1期）

# 孩　子

沈　苇

一个白瓷般的孩子是易碎的
他是上帝的心肝肉

在虚无中他活过了晚年、中年、青年
他长途跋涉来到这里，累了
躺在摇篮里啼哭

世界是那么大，而他是那么小
小到仿佛要逃到另一个身体里去
一个白瓷般的孩子是易碎的

一位母亲也许只能捡到他的几块碎片
她的乳房因受伤而流出奶水

（原载《特区文学》2018年第3期）

# 春风吹动花枝

张巧慧

雪化之后，泉水的声音响了一点
远隔着半生时光，
我喊你的声音是否更热烈一点

清风寺，一口古井，六七位出家人
寺前的碧桃又一年夭夭
光头的小沙弥走过，又折回

春风吹动花枝，春风推开殿门，
须弥座上的几尊菩萨正微微俯下身子

人间四月，灼灼其华
我已经越来越明白，花开是慈悲
对美的占有也无罪

（原载《福建文学》2018 年第 3 期）

# 杀 放 生

张巧慧

母亲，为你
我用多年不杀生的手
杀死一只甲鱼
看它慢慢缩紧的四肢

用它的血来换取你的蛋白质
早上用花剪剪去鲈鱼的鳃
剁碎的骨头，切细的姜片
下午又买了活鱼放生
让它代替你病，代替你逃命

母亲，为你
我不知该杀生还是放生
突然造访的不速之客
让人乱了分寸

沙漏在变少，很快
我们围绕着一个男人而对峙的日子
正迅速递减

（原载《天涯》2018 年第 4 期）

## 林逋小像

张巧慧

等梅消息，纵鹤放飞
他所抵御的小幸福、小温暖、小庸俗

我爱墓中的一方端砚
与一支玉簪
但我不爱这个男人

他虚构一座浊世中的庙宇
他爱美和孤寂

他爱干净

“那些触摸不到的，轻盈的
是美的……”

一个终身不仕不娶的人
种梅，养鹤；他属于自己
而我，还比他多爱着
美到凄凉的低处
和凄凉到美的污浊

（原载《福建文学》2018年第3期）

# 太阳重新升起

张执浩

我曾在故乡的小山顶上
目睹过太阳升起的全过程
之前有过很多次
之后很少再有这样的机会
哪怕是现在我坐在秋阳里
身体散发出烤红薯的气味
说你爱她，就应该憋红了脸再说
说过后自己也面红耳赤
再也没有这样的机会了
当你和我一样远离故乡的山顶
登完泰山后又来到海边
说你爱她，就应该云淡风轻
让她拽着你的衣襟

大声问:“你再说一遍?”
而此时你已经挣扎着跑远
回过头来看见
她的头发在燃烧
她的脸你一生只见过一回
之后每一次再见都是重现

(原载《诗刊》2018年5月号上半月刊)

# 一 杆 秤

张执浩

杀牛的那天下午
我们坐在田坎上把玩一杆秤
漆黑油腻的秤杆上
有一串白色的模糊的星星
秤钩又亮又尖
秤砣又大又沉
全村的人都来了
欢天喜地地围着一口大铁锅
杀牛的那天下午
我们在沸腾的铁锅旁
央求屠夫
将我们每个人都挂在铁钩上
称一称
当我蜷着腿离开地面时
我第一次知道了
自己的斤两

(原载《诗刊》2018年5月号上半月刊)

# 中午吃什么

张执浩

我还没有灶台高的时候
总是喜欢踮着脚尖
站在母亲身前朝锅里瞅
冒着热气的大锅
盖上了木盖的大锅
我喜欢问她中午吃什么
安静的厨房里
柴火燃烧的声音也是安静的
厨房外面，太阳正在天井上面燃烧
我帮母亲摆好碗筷之后
就在台阶上安静地坐着
等候家人一个一个进屋
他们也喜欢问中午吃什么

（原载《诗刊》2018年5月号下半月刊）

# 尾随一株白菜出城

张执浩

在斤斤计较的人群中，我看中了
一株白菜，它脚趾间有新泥
它绿衫上有露水
我看中了它，然后，我买下了
这个缺斤短两的早晨

白菜，你是怎样蹒跚而来的，仿佛
喘息未定的信使，带给我
关于土地、乡村和母亲的片言只语？

久未生活了，我一直在病。
我告诉自己，我仍然是从前的那个少年
只不过偶尔偏离了少年的梦境
而现在，我必须承认
对自己撒谎就是在对时间犯罪。

我抚摩着昂贵的新泥，想象你
在薄雾的清晨混迹于赶集的人群中的样子
你的爱耍小聪明的主人
当年，我也见识过我的父亲
怎样将沙子掺进谷粒，用农民的伎俩
对付城里人挑剔的眼睛

现在我可以原谅这一切了。
原谅那个把泥土带进我生活中的人
并且感激这株白菜所含的水分。
我看了看天色，决定尾随它出城。

（原载《诗潮》2018 年第 4 期）

## 河心洲之鸟

张远伦

一枚鸟蛋

将自己慢慢变成空壳

我喜欢寻找那些遗留在草丛间的空壳
布满麻点，轻轻一捏
就会碎了

河心洲之上，洁净的天空
定有一只小水鸟
是从我掌心的空壳里飞出去的

我没有捏碎它
我怕看见正在掠飞的那一只
突然痉挛一下

（原载《人民文学》2018年第2期）

## 秤杆上银白的小星星

张远伦

一个卸下麦草，喘着粗气，凝神看银白色的小星星的孩子
多么幸福

每一颗微缩的星辰，嵌进黑漆里，我仍能看清它们的荣耀
在我企及的欣喜上，在我无力的抚摩中

那斑驳的一颗，不是掉落
只是深陷，只是在努力克制，一根麦草多出来的重量

我的手指，从一颗微星，滑向下一颗微星

不是逃逸，只是在努力将秤杆上的悬铁，抹到将落未落

最后那颗微星，一直在最后那个幸福的刻度上，等我
在小木头的末梢，在我的穷途，等我

（原载《人民文学》2018 年第 2 期）

## 跪　书

张远伦

诸佛村的边缘，坡度渐大
在这里写碑，有时候，需要跪着

除了沐手、焚香，对一块石头足够的尊重
就在这个姿势上

由于跪书，我绝不可能用章草、狂草
也绝不可能把对生者的轻佻，用在死者处

请我写碑的人，有时候
会取下他身上的棉衣，垫在我的膝盖下

我挪一下，他们就去挪一下
而这个简单的动作，他们只对父母做过

在我的诸佛村，如有一个花甲老者为你垫膝盖
说明你写墓志铭上百块了

说明你已经向陌生人下跪上百次了

向冰凉的石头下跪，上百次了

（原载《人民文学》2018年第2期）

## 落　花

张洪波

摔成八瓣也要落下来
落下来才知道自己是一瓣一瓣
完整不如散开。一瓣一瓣去数吧
看看有多少美丽细节
还有细节里那点瑕疵

落花最后也许不是傲慢
谁知道飘散心绪想着什么？
在变成泥浊前
要名副其实为落花

（原载《文学港》2018年第10期）

## 唱，不是嚎

张洪波

夜晚，狼站在悬崖上
一声声长调，传遍山谷
有人说那是狼在嚎叫
嚎叫怎么会这么有力、回声深入？

那是在歌唱。在宣泄吧
乐音震颤夜空。悠扬直指心灵

一只狼比起一群疯狂野兔
狼。更具备英武。仰天高歌

它是在嘲笑所有胆怯者吗
还是让你打起精神，准备出击？

（原载《文学港》2018 年 10 期）

## 烙　饼

张洪波

被揉搓够了！把心都揉搓软了
再加些不是自己的东西
翻来覆去。失眠

（原载《文学港》2018 年第 10 期）

## 河里站着遗弃的桥墩

张洪波

难道不是一队圣僧朝觐
水已经寡言。天亦阔阔宁静
沉潜多年。终于走到近前

难道不是一句真言

大彻。由心往返屡渡

你在高高蓝天
你在深深碧水
你在提供着什么
你在寂护着什么
那样坚韧

向晚，当你别过黄昏
在黑暗中持着吉祥
无边无际。你世界太大
脚下莲花繁盛

（原载《文学港》2018年第10期）

# 愚蠢耐力

张洪波

世间万物，你或许算一种
当你把龌龊被子里那些预谋拿到桌面上来
以为别人不会很快识破
以为沉默就是认可
你自己行骗自己，也许会是一生

你在舞台上娱乐自己
没有掌声。你多么需要掌声
强烈灯光下难免眼花缭乱
同事都已渐渐远离。你似乎不知道
留恋舞台。舞台使人站在高处

你要把节目演完，结尾怎样就不管了
今天之后明天继续。这家伙耐力

（原载《文学港》2018 年第 10 期）

# 在废弃铁轨旁

陆辉艳

在一截废弃铁轨上，儿子伸展双臂
似在飞翔：向我扑过来的一只
摇晃的企鹅。
“如果火车来了，我会
长出翅膀，猛地带你飞走。”
他说话时，眼睛里升起两枚月亮，因为
说得太用力，身体倾斜了一下
我抱紧他，仿佛已经感到
铁轨的震动。如果一列火车
从过去的黄昏开过来，喷着
我们认为的白色蒸汽
我要如何在一首诗中
安排它的转弯，以至于
我们留在原地，而不被挤出
时间之外？

（原载《诗刊》2018 年 2 月号上半月刊）

# 戒备之心

陆辉艳

那一年，父亲捧着我的大学录取通知书
又欣喜，又忧愁
天黑了，他去了堂伯家
坐下来还没开口
堂伯就开始骂他的大女儿
我的堂姐，职校刚毕业
一声不吭，勾着头
蹲在火塘前烧一锅饭
干竹枝燃得噼噼啪啪的
后来父亲双手空空地
退出那扇门，仍听得见
堂伯骂人的声音

偶尔我回老家
将要经过堂伯家
远远地，抱着孩子的堂姐
就会闪进屋子里
十七年了，她仍然对我
怀有一份戒备之心
而她不知道，我对世界
怀有的谦卑之心，足以贴近地面
熄灭胸腔里噼啪燃烧的竹枝

（原载《诗刊》2018年2月号上半月刊）

# 收割之后

陆辉艳

我见过的最好的稻子，有库布齐沙漠的波浪
在风中发出细碎声响
我们埋头收割，有时
一个人割到了稻田深处

因为不同于往常的丰实，而感到一丝虚空，紧张
波浪中手握镰刀的人影
有陆家兄弟，也有唐家女人
直到日落，沙漠的皮肤被掀开
露出田野的真相
天幕渐渐黑下来，一股收割后的薄雾
聚集在弧形的水坝上空：
弯曲的，巨大的镰刀形状
它一直在这儿，它收走的童年，以另一种方式
还给我。还给你。还给每一个清晨的归来者

（原载《星星》2018 年第 4 期上旬刊）

# 燕子山（4）

阿　华

看见暮鸟投林，心中一惊

很多人，很多事，都是一失永失

像时光和流水，再也不能回转

看见落日、黄昏，见血封喉的麻风树
心中又是一惊

山林下、野塘畔，有谁和我一样
知道一切，却不能说出一切

“……不要再关心灵魂了，那是
神明的事”

我不关心灵魂，我只关心轮回
但在年少时，我并不知道

有些乐章，一旦开始
唱的就是曲终人散

（原载《山东文学》2018年第3期）

## 商　量

阿　华

玉米地里，印第安妇女
温和地和成熟的玉米商量

“请用你的孩子养我的孩子吧”

大海边，早起的渔夫收拾妥当
他和大海悄悄说话

“早上我去撒网，晚上归来
请让我鱼虾满仓”

高山上，猎人的祈祷
也总是很有道理

“请给我一副虎骨，只要一副
受伤的病人需要医治”

谷雨前后，杂花生树
两枚露水用方言商量

“让我们落到最小的那朵
黄瓜花上吧

它需要一滴露珠，安放它们
刚刚成长的小心脏”

（原载《红豆》2018年第6期）

## 欢　喜

阿　华

天降甘露，那是农人的欢喜
马遇青草，那是牧人的欢喜

一株青稞，俯身亲吻一朵格桑
那是一个少年的欢喜

冬天的雪地，一只麻雀觅到了
箩筐里的粮食，那是一个老人的欢喜

一座寺院，燕子诵经
佛灯开花，那是一个喇嘛的欢喜

日月山以西，十万亩风暴里
还有一株开花的树，那是大地的欢喜

如果在六世轮回中，我和他
能成为生生世世的亲人

——那将是我的欢喜

（原载《诗潮》2018 年第 6 期）

## 一具雕花马鞍

阿　信

黎明在铜饰的乌巴拉花瓣上凝结露水。
河水暗涨。酒精烧坏的大脑被一缕
冰凉晨风洞穿。
……雕花宛然。凹形鞍槽，光滑细腻——
那上面，曾蒙着一层薄薄的霜雪。
錾花技艺几已失传。
敲铜的手
化作蓝烟。
骑手和骏马，下落不明。

草原的黎明之境：一具雕花马鞍。
一半浸入河水和泥沙；一半
辨认着我。
辨认着我，在古老的析支河边。

（原载《读诗》2018年第2期）

## 弃　婴

阿　信

偷尝禁果的女子，慌不择路。
暗结珠胎的女子，神情恍惚。
脸色灰青的弃婴者，一念之差招致的暴雪
正在席卷买吾草原。
我是谁？
我何以洞悉并将这一切录入密档，再
深深埋入地下？
逃离时，她是受惊的豹。
返回时，她是疯癫的母兽，踉跄、奔行……
大雪掩埋草原所有的路径——
允许我，
护持这个有罪的人儿
重回当初的崖下，凹陷的石穴。
那儿：一只古老的神雕
正用巨大、褐色的羽翅
庇护着
这个著名的弃婴。
一双贝壳似的小脚丫印，至今仍嵌在
山崖赭红的岩石上。

佛传至七世。时间
过去三百余载。
我，一名老僧，充任书记，籍籍无名。

（原载《读诗》2018 年第 2 期）

## 我始终对内心保有诗意的人充满敬意
### ——读詹姆斯·赖特，并致某某兄

阿 信

雪落甘南。也可能落向羌塘、藏边。
一上午埋首十万道歌，半部残卷。
其间接过一个电话。取下镜片，移步窗前。
我始终对内心保有诗意的人充满敬意。
生活面前，我们还是儿童。还是那只
“在一根松枝上
反复地、上下跳跃的
蓝色松鸡。”
眼前只是街道、泥泞、缓缓驶过的
长途货车。远处，山岗上
白雪半覆茂密的沙棘林。
我始终相信：雪让万物沉寂。
而诗歌，会把我们日益重浊的骨头
变蓝、变轻。

（原载《诗探索·作品卷》2018 年第 1 辑）

# 风雪：美仁草原

阿信

好吧，在五月
泛出地表的鹅黄我们姑且称之为春意。
迎面遇见的冷雨亦可勉强命名为雨水。
但使藏獒和健马的颈项一次次弯折
并怯于前行的冰雪呢？

我深信这苍茫视域中斑驳僵硬的荒甸，
就是传说中的“凶手之部”——美仁大草原了。

是在五月。
是在
拉寺囊欠[①]中的佛爷都想把厚靴中的脚指头
伸到外面活动活动的五月啊！
我深信这割面砭骨的寒意后面，
一定是准备着一场浩大的夏日盛典——
赛钦花装饰无边的花毯，
斑鸠和雀鸟隐形，四周
散落它们的鸣叫之声。

我深信这苍茫视域中斑驳僵硬的荒甸，
就是传说中的“庇佑之所”——美仁大草原了！

（原载《诗刊》2018 年第 6 期上半月刊）

① 囊欠，指藏传佛教活佛府邸。

# 一串珠子散落之后

陈小虾

匆忙抓起电话，逐一打过去：
外公、外婆、父亲、母亲、丈夫
又低头摸一摸肚里的小 baby
一一确定，在人间
我们依旧一起
串在一根绳索里
之后，才把珠子拾起
数了数，少了一颗
再一阵心慌
一边打了自己一个耳光
一边念着阿弥陀佛
相信自我惩罚
就会被赦免，被原谅
或躲过什么

（原载《诗潮》2018 年第 9 期）

# 外公与石头

陈小虾

“我还真拿你没办法了？”
外公硬是要和一块石头过不去

外公曾用石头雕过菩萨

"菩萨菩萨，何为放下？"
菩萨不语
他把菩萨送给出家的母亲

后来，他搭石桥，建石头房
里头住着外婆、舅舅和我的母亲

现在，他硬是要和一块大石头较劲
硬是要扛着它上山
给自己做墓地

（原载《诗潮》2018年第9期）

# 桥

陈小虾

小时候。桥洞里
流水、布谷鸟
母亲在洗脏衣服
她从不让我靠近
"水中，有漩涡、暗流
不远有个潭，深不见底"
我希望把身体浸泡在溪流里

现在，当我学会游泳
当我站在十字路口、车流、人流里
溺水
突然又想起
桥洞里布谷鸟的声音

（原载《诗探索·作品卷》2018年第4辑）

# 神

陈　亮

那时候，母亲每到初一或十五的正午
都会捏几个地瓜面皮的饺子
放在供桌上供奉

有时候还会虔诚地跪下
双手合十，嘴里弥漫着咒语
五分钟后再拿下饺子给我们吃

这时候，除了鸟鸣
一勺一勺挖着耳朵
阳光将麦秸坐出了声响
我们都屏住呼吸不敢弄出一点动静
仿佛神真的来到我们身边

那时候，我的哑巴姐姐还活着
她会从母亲手中接过饺子
然后一声不响地走到我面前

咬着嘴唇拍拍我的肩膀
示意我吃，姐姐很美
仿佛刚从画上走下来
那时候，每吃一口，我都会感受到
神的香神的暖，神的无处不在

（原载《黄河文学》2018年第8期）

# 木　头

陈　亮

父亲每每伐掉一棵树
都会用斧头仔细削去枝杈
然后竖立在墙角阴干

新鲜的木头
会散出极浓烈的香味
甚至在深夜里
还发出咯咯的响动
让我以为它们会逃跑

慢慢地，它们消停下来
直至变成一根彻底沉默的愚木

——父亲走后的一个冬天
因为空落和寒冷
我开始用这些木头取暖

当我把它们劈开
扔进炉膛
这些木头竟吱吱喊叫着
涌出热泪，并把它们
浓烈的香味迅速充满屋子

仿佛在告诉我
这么多年，它们并没有死去

（原载《诗刊》2018 年第 8 期下半月刊）

# 流 浪 汉

陈 亮

在春天的马头山脚下的沟渠里
一个济公样的流浪汉
搂着一个塑料模特在睡觉

他的嘴，咬着她的嘴
他的手，抓着她的乳
仿佛是一个饿极了的孩子

春风先是小口小口地吹着
后来就突然变大
——树叶铁皮样哗响
花瓣魔幻着飘落

可怎么，也无法将他吹醒了

模特的脸，开始是笑着的
慢慢地就生出了无限怜悯——

（原载《黄河文学》2018年第8期）

# 树 洞

陈 亮

六岁的时候，我和两个大孩

在一棵老树下玩泥巴
挖土的时候发现了一个树洞

树洞很大很黑，冒着冷气
扔进一块石头竟然没有回声

我们猜拳决定谁先爬进去
看看里面有什么宝贝
二虎进去了好久
摸出一个弹壳
大牛进去了好久，摸出一把断剑

我最小，进去的时间最久
却什么也没摸到
只握住了两把恐惧的黑暗
哭号着，爬了出来——

在太阳底下，他们哄着我
慢慢张开抽筋的手掌
这两团让我握出手印的黑暗
就那么紧紧黑着，好久都没融化

（原载《黄河文学》2018年第8期）

## 石榴喊出我的名字

邵纯生

这只石榴，终于没有熬过秋天
像一块石头摔落地上

它选择了最直接的路径
简短得来不及发出一声哀叹
我似乎感觉到一团下坠的黑影
暗了一下房间的光线——
窗外传来钝器扑打尘土的声音
这个秋天阴凉，雨水不断
一些生灵背负伤痛和忧患逃亡天涯
更多的撑不住命运，像石榴
就地了却此生
我脚疾突发，哪儿也去不了
无奈吞吐着有害气息淡然度日
厚层口罩教会我缄口不语
节气变异，心肠一天天冷硬
石榴之死已不能勾起我的感伤
我以为除了最后几片枯叶飘落枝头
空中不会再有生命迹象
晌午时分，我回头拿药，收拾创伤
忽听几根枯黑杂乱的枝条间
一只裂开嘴的石榴
小声喊出了我的名字

（原载《中国诗歌》2018年第1卷）

# 镜 中 人

邵纯生

春分过后，我时常一个人窗下独坐
摇椅前俯后仰，摆渡无用的晨昏
偶尔扭头，恰好看见镜中有人窥我

起身趋前细察，陌生人面色木然
一绺花白头发掉下额角
遮掩了皱褶纷乱的眉眼
镜中忽有一道亮光闪进，可见当年
一个崩折刀刃的人，自毁
奔突，冲撞，豹子的敏捷
掐灭心比天高的火苗
每日里昏沉，打盹，黑大于白
大于思谋和行走，摇椅中
深陷一具虚无的肉身……
这似是而非的活法，是放下还是自损？
当醉后醒来，房灯幽暗
自感体内还有一个私密的戏台
哐哐锵锵，龙套跑完之后
总能听见一二声小生锋利的唱腔
每逢此时，镜中人气色回春，老眼有神
看得出，往事只是一段停顿
他还没有舍弃打捞的欲望

（原载《山东文学》2018年3月下半月刊）

## 秋　虫

邵纯生

还是去年的一缕月光
小虫摆好了姿势，就是那种
叫人动心的样子

今夜，这条垂下来的绳子

要带它回到天上
伸开的触须，收紧的翅
抖索在深秋的风里

凉，缓慢浸入小小的身体
清澈，透明。它明白
凡与神交集的事物，都得是干净的

（原载《江南诗》2018 年第 1 期）

## 随风接近落日

邵纯生

天空又一次高远起来
世事苍茫的年份，只剩下秋天
还在信守着最初的承诺

我不看好时势而竭力吹捧节气
是因为手里握有制胜的证据
我怕得罪当局者，确曾有过犹豫
但我不敢说谎，担心受到苍天惩处

秋风已派马车送走遍地的庄稼
沿途的银杏叶子变成金子
南飞的灰雁，也在打点行李
看不出丝毫别离的忧伤

我确信有一批抱怨者
眼瞅着既得利益被秋风剥夺

怨恨只能在肺里燃烧

我不管那么多。我自顾随风流放
随风的引导接近落日
我向遇到的落叶和蚯蚓问候

向身后的影子道别，余晖就将熄灭
那儿有我想要的安宁

（原载《青岛文学》2018年第2期）

# 横　溪

林　莉

阵雨使它充盈、饱涨
石埠上，一只旧竹篮装着
刚摘的茄子、豆角

后来，浣洗的妇人提着它们
蹚水去了对岸

我们沿溪轻快走动
偶尔手臂碰触到一起，触电般

事实上，我们在世间已分离得太久
那些久违的喜悦或绝望
皆来自前世

那一次，我们目睹

横溪不舍昼夜，自顾远去

难道，在时间的跑道上
它也是一匹不能回头的马?

（原载《诗探索·作品卷》2018 年第 4 辑）

# 柑橘园

林 莉

小镇的郊外，有一个橘园，一面山坡那么大
我记得那次丰收大年，一面山坡的橘子都卖不出去
一面山坡的橘子不像那些橘农沮丧和绝望
它们在风中心平气和地静静腐烂
橘子红了的秋天，我总是长时间地在那里流连
但我不会掺和到那些来采摘的人群中去
我只是漫不经心地在谛听，人群散去后的寂静
有一点点神秘和疼

（原载《广西文学》2018 年第 1 期）

# 这样爱过的人

林 莉

河水汤汤
绕过了半亩花田

寂静中，我们向河谷走去

豌豆花深紫或白，缠住
我们的脚踝

水底，我们看见自己的脸
明亮、悲伤，像一朵豌豆花
半开半落

春色渐微凉，恰到好处
以至于我们在世间走了那么久
依然毫无察觉

万物各从其类
互相羁绊，也曾彼此辜负

（原载《诗刊》2018年第7期）

# 祠　堂

林　珊

在炊烟越来越稀疏的故乡
唯一还保持原貌的，只有祠堂
众多的先祖，在年复一年的祭祀里
不断获得告慰。一九八七年的天空下
我曾在祠堂的侧厅里读幼儿园
二十多个眼神清澈的孩子
尚不懂得敬畏，也不明了生死
课间休息时，我们围绕着神龛做游戏
快乐的笑声一阵高过一阵
有一次，村里的一位老人辞世

朱红的棺木在祠堂里停放了三天三夜
我们在放假，天空在下雨
身披袈裟的和尚吹起声声唢呐
出殡仪式结束后，当我们重新回到课桌前
弥漫的硝烟，遍地的碎纸屑
并没有让我们，感到慌张和恐惧

（原载《人民文学》2018年第6期）

# 倒 叙

林 珊

有一次，在作文课上
我给孩子们讲解如何运用倒叙
一个单薄的少年举起左手问我
“老师，我能否用倒叙描述祖辈的一生”

在乡下，我曾反复遇见过这样的老人
迟缓、苍老，在溪流边用皴裂的双手
清洗萝卜、土豆、白菜、红薯
瘸腿的板凳，破碎的炊烟

当时光辗转，当阳光洒满多年后
野花汹涌的山坡和坟墓。墓碑上
我们想要写下的，大抵不过如此——
尘埃坠地，死是生的最后最好的证明

课后，我感到一种无言的焦虑
我在那个夜晚，又一次梦见了

我的外祖母病中干枯的眼睛
和北风中鼓起的旧衣裳

（原载《人民文学》2018年第6期）

# 黄 昏 记

林 珊

树下的落叶越积越多
干枯的芦苇丛顶着满头的白雪
在湿漉漉的黄昏
唯有蜷缩在一张晃动的摇椅里
等待天黑的时候
才会如此叹息：时间犹如疾驰的车厢
咣咣咣响着。很多时候
我就这样一直坐着，坐着
看暮色向晚，看夜色将至
而风声，有时落满我的窗台
它带来寒霜、积雪、越来越深的倦意
它带来一些无法抹去的爱、孤独
竖琴的断弦、迟缓的永恒……
十二月了。时间流淌着
生活继续被描绘。我想要说的
——都将在夜色中到来

（原载《人民文学》2018年第6期）

# 梨　花

林　珊

我曾目睹过一树梨花凋落的过程
在寂静的暮晚时分
一枚花瓣突然落下来。然后是
第二枚，第三枚……
我曾趴在墙角观察过一群迁徙的蚂蚁
在童年的村庄
它们排着整齐的队伍，浩浩荡荡
从低处迁往高处
就在昨夜，我梦见在田野里劳作的母亲
她有年轻的脸庞，清浅的酒窝
两个孩子曾在她出门前，异口同声地保证过
不下河抓鱼，不上树掏鸟窝
后来，更大的那个孩子，蹲在灶前烤红薯
柴垛突然失火。两个孩子在哭
母亲推开了院门。矮墙外
天空开始下雨，蚂蚁还在迁徙
梨花还在凋落

（原载《人民文学》2018年第6期）

# 那碰触我心的只是一个简单的汉字

林　莽

那碰触我心的是一首童年时并不喜欢的歌谣

一个推着铁环狂奔的下午
一位哭泣的老者让我呆立在哪儿
一棵沧桑的老树在秋风中将枯叶落满了庭院，

那碰触我心的是一条别离的乡路
懵懂的少年向着并不知晓的未来迈出了稚嫩的脚步
汽笛长鸣　那辆冒着浓烟的老火车开向了多年后的现在

那碰触我心的是父亲强忍住病痛的脸
那些群盲涌动的年代　动荡是生活的常态
我们的上一辈人承受了太多的生命磨难

那碰触我心的是与母亲深夜卧谈时她轻轻地诉说
从一个乡村少女到银发稀疏的老年
我听出了乡愁的遗韵和对故土深深的眷恋

而许多时候　我们逃离现实沉于孤灯与书卷
那碰触我心的有时只是一个简单的汉字
当我用诗歌诉说　这些分行的文字
跌宕起伏　有时慰藉　有时释怀
我真想知道那触动我心的诗情到底源自于哪儿

（原载《诗刊》2018 年 3 月号上半月刊）

# 疼　痛

林　莽

因为手指关节的痛
我时时想起年迈时的母亲

是遗传的力量
它将母亲的疼痛传递给了我
让我想起晚年时她那些悄声细语的诉说

窗外　黄昏里的树
叶子正由苍绿转为金黄
许多故人都已不在人世
那条伴我少年时长大的老街
为了生计的人群　依然在匆匆而行

母亲说：
“睡醒了，每个关节都是酸痛的”
我轻轻揉着母亲的手臂
她隐忍着　有时也会微微地
皱一下眉头

那些时日就那样慢慢地过去了
那时候我还不能如此深切地体会
母亲轻描淡写中的疼痛

哥哥打来电话
谈到春暖花开　谈到清明和家庭的聚会
我们也谈到那些慢慢肿胀的关节
母亲遗传的类风湿病

时光缓慢地流
这座古老的都城正如涟漪般地扩散开去
把一个家族的亲人们也越荡越远

但有一种链接是无形的

那些永远不会消失的隐秘之痛
连接着我的每一位亲人

（原载《诗刊》2018年3月号上半月刊）

# 月亮升起来

林 莽

故乡的树有老者的沧桑　少妇的婀娜
那株飘逸的美少年
以嫩绿的枝杈向我频频挥手
它又为了谁　将鲜花缀满了枝头

乡野的气息　在青草的汁液里
在四月一片白色的槐香中
还有海棠　月季　指甲草和枣花的清气
它们环绕的那个曾经安宁的家
充满了我童年的记忆

那片湖水和枣林是什么时候消失的
故乡的树仍在少年的心中婆娑
那些灰喜鹊还在不停地撬动着长尾巴
故去的亲人们在相册里微笑
月亮升起来　照着梦中的故乡

月亮升起来　像一颗巨大而冰冷的泪滴
我听见了月亮里那把神斧砍伐树木的节律

（原载《诗刊》2018年3月号上半月刊）

# 事出有因

林　莽

她寄我明前龙井
电话里问有没有收到
还说到那天的酒是你非让我喝的
言外之意　不言自明

其实　我们应该知道
这世间的事都是事出有因

在手机新闻中看到
卡扎菲的儿子被释放了
这位被推翻的前政权的继承人
曾是一位英国留学的经济学博士
曾经有过许多有身份有地位的友人
但多年中只有一位名模女友
为他的自由四处奔走
英国首相的拒绝也没有让她放弃营救
曾经的朋友们都远离了国际是非
但绝不仅仅是为了明哲保身

世事繁杂　武断和简单
属于儿童和缺少智慧的人
一个事物发展到今天
即使不可收拾
也一定是事出有因

玻璃茶杯里的嫩芽静静地竖立
懂茶人一定闻到了它袅袅的余韵

（原载《草堂》2018 年第 6 期）

# 赠 友 人

非 亚

我想邀你一起，去某个乡间
有山，有水，有不错的田园风光
靠河边的农家有宽阔的木制平台，从傍晚开始
我们围着一张餐桌
在那里喝茶
水，烧了一壶又一壶
茶叶，反复浸泡之后又换上
新的
这是我们驱车几百公里后
来到乡下的一刻，从江面吹来的风
抚慰着我们的灵魂
我知道
我们的手上，永远都有抛摔不掉的琐事
如同水流下的岩石
当我抬头，朦胧的烛光映照出周围的一切
蓝色的夜空滑过一颗星
我的心，在均匀的呼吸中，犹如水面
产生一些难以觉察的涟漪

（原载《读诗》2018 年第 2 期）

# 是死神让我们端坐在房间

非 亚

父亲重病已久，我去医院看他
我站在床头
问他吃过早餐没有，更多的时候
他在床上休息，我则坐在
走廊，看一本书

有时他起来，喝一点水
吃一点东西
有时喘气，艰难地
弯曲身体

中午，他侧身而睡，我也躺在
一张小床上，从旁边的窗口
可以看见外面的天空
一株玉兰树
更远处的一张池塘，桉树林，还有山坡上
新落成的一座教堂
记得那个下午
安静极了，很多时候
走廊里只有我一人，光线
从窗口慢慢地渗进
我感到
是死神让我们端坐在房间

（原载《诗潮》2018年第8期）

# 古松，古柏

武兆强

颐和园后山
那些被称为老先生的古松古柏
在掉完最后一枚牙齿之后，开始掉
三百年针叶，四百年松果，五百年柏球
开始掉斑驳树荫，灰白鸟屎
掉春雨，掉冬雪
掉蝉群的低吼，日月的流光
掉树冠上摔下来的风，掉灰喜鹊和野鸽子的争吵
掉越来越薄的记忆，掉枝杈相互爱抚时的只言片语
当一切可以脱落的都已离开
最后只剩下松脂柏油
剩下它们紧紧粘在一起的理由
黄昏时偶然发现
一只叫不上名的小飞虫
正以琥珀的金黄姿态拼命想进入里边

（原载《诗探索·作品卷》2018年第4辑）

# 橘　黄

武兆强

他走以后，那扇小窗
依然亮着一点橘黄色的光
不经意的回眸，恰逢

你站在檐下正向远处挥手
就在这一刻
某种深意，随着彼此的目光
已落在心上
就因了这无形无语的抚摩
多少年过去，令他不舍的
依旧是那扇风风雨雨的小窗
窗里透出的那一小片
暖暖的橘黄

（原载《诗探索·作品卷》2018年第4辑）

## 情感市场

武兆强

三公斤快乐，几箩筐笑
手机已经下单

不知是厂家出了问题
还是邮路受阻
反正等了很久很久
速递员也没揿响门铃

鄙人去讨说法
鼻子撞上一张告示
——请原谅，笑和快乐
已经脱销多年
为配合市场所需
现打折热销：焦虑与浮躁

（原载《诗探索·作品卷》2018年第4辑）

# 隔空相望

武兆强

隔空相望
我还能认出照片中小时候的我
一脸稚气、明媚，有些无畏
我坚信许多人小时候都是这个样子
初生牛犊不怕虎，还在眼神里一闪一闪
但现在他从照片望向我，先是
一愣，继而眼神有些慌乱
满脸都是陌生、疑惑、茫然
如果此刻它像画皮那样飘然而至
一定会把我当成隔壁的老爷爷
且拉起我的手，问长问短
幸好，它只能一动不动待在里边
永远也不会知道我们之间
存在如此深刻而又说不清的关联
不然，说不定它会夜半惊呼
“我怎么变成了这个熊样子”
幸好，它只是快门下一个稍纵即逝的影子
而隔空相望，彼此却也相安无事

（原载《诗探索·作品卷》2018 年第 4 辑）

# 石片、水漂和涟漪

武兆强

孩提时代的石片，被我打成
水漂，打成一蹦一跳
口衔水珠，又口衔水珠的燕子
美妙又轻捷，只有到了最后的最后
毫无力气了，才悄然隐去
一圈一圈的涟漪似乎放大了视野

之后的多少年里，那枚小小的石片
再也没有离开过我，上班路上
我会停下自行车，一试身手——
不过，这个简单的动作已不再纯粹
悄悄地，被我在心里夹杂了一些私货
用涟漪的大小，对应命运如何

第一圈，被我命名为爱情
第二圈，被我视为事业
第三圈，被我称为生活；以此类推
还有身体、财运以及出入是否平安等等
这徒劳的游戏竟构成了一种诱惑
一玩就是几十年

（原载《诗探索·作品卷》2018 年第 4 辑）

# 一个穷人的羞愧

邰　筐

每次经过临西三路中段
我都像一个正人君子
胸脯挺得直直的，目不斜视，大义凛然
从不向路两旁多看一眼

那些门挨门的按摩房
那些来自温州、福建、四川的小姑娘
不停地招着手，招着手
她们的目光充满热切充满期盼
只需一眼，就能撕破我的虚伪我的衬衫

这时，我突然就有了一个穷人的羞愧
这时，我不知道，除了钱
还有什么方式能够帮助她们
我甚至觉得自己是一个欠钱不还
生怕被她们认出的无赖
走着走着就忍不住跑了起来

（原载《诗探索·作品卷》2018 年第 1 辑）

# 白　鹭　赋

邰　筐

不是《诗经》里飞出的那一只

不是惊飞破天碧的那一只
不是一树梨花落晓风的那一只
不是一滩鸥鹭里
惊起的那一只
不是翘立荷香里
窥鱼的那一只
……

那些都是白鹭中的白领，都太白了
它们作为鸟类中的大家闺秀
和文人骚客攀上亲戚，成为相互矫情
和意淫的工具，被他们反反复复
描绘得那么美
那么不合群众路线

这是落寞的一只。像个鳏夫
它以八大山人的技法
在龙虎山下，一块水田里
遗世而独立
我用长焦镜头把它拉近，再拉近
它既没有想象中的白，也没有想象中的美
身子蜷着，脖子缩着，翅膀耷拉着
上面还沾着一些黑泥点

毫无征兆地，它全身的毛
突然耸起，一条鱼瞬间被叼进嘴里
它接着腾空而起，像一团飘起的白雾
越飘越远，很快就散了
只留下一个凶狠的眼神，似乎还久久地
在镜头里盯着我

（原载《诗探索·作品卷》2018年第1辑）

# 在江边

郜　筐

没有什么不是浪子的形象
那落魄的落日
那江面上越飘越远的帆影
没有谁比谁更苦命
在江边游荡的邋遢酒鬼
在江滩公园里捡拾空瓶子的老妪
万物总有它化解悲伤的办法
芦苇在水边写着排比句
老柳树在岸上练习倒立
而江水总是混浊、无言
从上游到下游
它用浩瀚包容了一切

（原载《诗探索·作品卷》2018年第1辑）

# 菠菜地

郜　筐

如果有一小片地
我最想种的就是几畦子菠菜
那样就可以，在每个周末
煮上一大锅菠菜汤
把全北京的诗人们都叫过来
就菠菜汤喝二锅头

喝醉了就发发牢骚吹吹牛
没人捏你的小辫子，也没人记你的仇
把手机关掉，把时钟调慢
让心灵找到陶潜牵牛耕田的节奏
这个念头一旦出现，就让我有点急不可耐
从天安门到天通苑，从朝阳区
到西三环。我首先要找到一块
还没来得及被水泥吃掉的泥土
一个夜晚，我穿过无数条街道
又绕过几个高架桥
突然就找到一片废弃的工地，有几个晚上
我要去松土，就找来了铁锹和锄头
我像一个经验丰富的老农
还弄出了整齐的垄沟
春不误种，秋不误收。我很快就收到了
老父亲寄来的一包菠菜种
可接下来的无数个日子
我却再也找不到那块地了
还是穿过那些街道，还是绕过
那几个高架桥
我整好的那块土地，它神秘地消失了
实在是没有别的办法了呀伙计
我只好把这包绿油油的菠菜种
全都埋进了自己的身体

（原载《诗探索·作品卷》2018 年第 1 辑）

# 我们都是简单到美好的人

周　簌

垂丝海棠的花瓣落在我的膝盖上
春天的短笛在寂静中骤然响起
柳丝抵抗着风的秘语
忍住摇摆
万物都有一颗叛乱的心

我立在江岸久久凝视零落的海棠
恰似我的一些念头
纷沓滑过江面
我们都是简单到美好的人
比如这一地嫣然
比如那一江春水东流
再比如，我的体内正落花簌簌

（原载《诗探索·作品卷》2018 年第 4 辑）

# 放　牛　坡

周　簌

放牛坡没有一只牛
板结的牛粪窝在深草里
至竹林吹拂的风
扬起童年的赶牛鞭

那伙牛群还在茵茵绿草斜坡上喘息
山林的边陲还镶嵌着
孩童们银色的呼哨声

暮色四合
小村舍微弱地擎着仓皇的灯火
一头全村最俊的黑水牛
在狭小的山路上
拽着鼻绳一端的女孩一路小跑

（原载《诗探索·作品卷》2018年第4辑）

## 局部有雪

周　簌

两只寒燕斜剪着白墙
没有什么在她们的剪刀之外
除了两岸的枯蓬，坐在静水边
从上游到下游
只有寂静
柴垛静静等待灶火
黑枝丫上点点李花静静向篱笆垂询

收割后的稻茬上
尚有未融化的残雪
一头黄牛立在田垄
静静望着对岸
而此刻，莲花山上高处的修竹
垂着长长的冰挂，正砸响庙顶

（原载《诗探索·作品卷》2018年第4辑）

# 你在我的故乡酩酊大醉

周　簌

那些熟悉的地名、村庄、田垄
河流和攀缘着茂密藤本植物的古桥
倾斜斑驳的老屋
布满苔丝的井垣
都在青铜的回音里无声崩毁
山林的风声有小旋涡
绕过你的颊额
在蒲苇丛中隐匿

你呼吸我故乡潮湿杂芜的气息
你沿着童年的荒径撞见我的老父
并紧紧拥抱
此时，我的故乡就是你的故乡
我的老父是你的老父
谁与你同享我故乡的暮晚
谁就将陪你酩酊大醉一场

（原载《诗探索·作品卷》2018年第4辑）

# 野　岭

周　簌

当野岭上的油桐花
以散落的簇拥的白，有如野火

白晃晃地缀在雨后辽阔的新绿里
我仍旧是一个悲观主义者
陷入了自己的不幸

灵岩寺的一名扫地僧
正在打扫石阶上的落花
他不停地扫，花不停地旋落
落花瓣瓣
皆为他半生的痴嗔怒怨
他一直扫下去
直至把这些附属之物
扫出他的心际
就可以洁净地面对佛了

而我，已经不再对谁满怀期望了
请把那朵火熄灭吧

（原载《诗探索·作品卷》2018年第4辑）

## 一只羊羔滚落下来

赵亚东

在乌孙山的南坡，风吹着它们雪白的脊背
和满含热泪的眼睛

只有我专心地看着它们
想呼唤它们的小名
可是还没等开口，一只羊羔
从山坡滚落下来，后面跟着它年迈的母亲

（原载《诗探索·作品卷》2018年第4辑）

# 秋　日

赵亚东

秋日。山脚下的茅屋
空无一人，还有通往山顶的小路
也比往日清瘦了许多
如果还有露水
那一定还在草尖上悬着
就像大地上那些不灭的灯盏
就像爱人的心，那么小心地跳着
直到秋水枯时
一寸一寸地被候鸟啄伤

（原载《诗探索·作品卷》2018年第4辑）

# 生日诗

赵亚东

这么多年
我一直像一棵树那样要求自己
迎风而舞。而现在
我数着年月，四十载光阴
跳进沸腾的河流
一次又一次，我坚定地认为
自己是孩子。但是，却要
用成人的方式生活
我到底在惧怕什么？从田野中

构思一座宫殿，再一点点拆毁
在钢筋水泥的丛林里，遥望
故乡的草地，祖坟旁的河流
眼睛里堆起的雪山，胸前种下的树木
午夜的群星睁开惊悸的
眼睛。没人告诉我为什么到来
忍受时间的针脚，一针一针地扎
比如此刻，我写下这些文字
我以为可以看见更远的一些事物
比如爱，比如仇恨，比如国家
和它的领土，比如乞丐和它的空碗
我一想起这些，大雪立即
扑面而来

（原载《诗探索·作品卷》2018年第4辑）

## 这茫然无措的大地

赵亚东

我们在起伏的山岗上奔跑
三匹红马，运回最后一车高粱
也运回一地秋霜，和草窝里空荡荡的鸟鸣

到底是什么让我们如此忐忑
还有些什么即将消失，天真的凉了
这茫然无措的大地啊
像极了一个心灰意懒的人

（原载《诗探索·作品卷》2018年第4辑）

# 我们的房子正被星辰照耀

赵亚东

我们在午夜的河上行走
月光把河水洗得发白
老旧的木桥，发出咔咔的响声
仿若父亲的咳嗽
母亲轻轻拍打他的后背
桥的那一边
我们的房子，正被星辰照耀

（原载《诗刊》2018年7月上半月刊）

# 承德围场的向日葵

荣　荣

我也有这样的金黄　你信不信
我也想围绕一颗独一无二的太阳

可以明目张胆　可以恣意奔放
我也有这样的金黄　也许还不仅如此

我没有藏匿　我的金黄就在脸上
那是我内心的狂潮　在愚蠢地汹涌

也曾努力地要将它们铺展到天边
想有一天你能明白　但那一天消失已久

你可以认为我也只是混迹于人群的一个俗物
像野菊花退守一旁　像狗骨草匍匐在地

甚至及不上一棵葵花或众多的葵花
它们能守得云开见日　亮晃晃地摇曳

我也有的　我也有这样的金黄
我也想直白地对人表露　你信不信

只是它们撑得太久也显得太老
甚至无法静下来　平复一下我惶恐的小我

（原载《诗刊》2018年8月号上半月刊）

# 梧桐

荣　荣

那人站立梧桐树下
眼里有酒意　心中并无凤凰

退一万步　有一只仙鹤也好啊
哪怕几只麻雀
但只有阔大的落叶成潮
蹭着暗夜的风跑上几步
像是有了一次潜逃

他仍保持着站立的姿势
一根脆弱的枝条

有一会儿他以为他就是梧桐
还有足够的时间等候

（原载《诗刊》2018年8月号上半月刊）

# 低　处

荣　荣

她折腰为孩子系鞋带
一缕长发如水滑落

他压抑的嘶吼
像纷纷扬扬的碎纸片

她左右为难　她的难处
卡在再次裂开的缝隙里

他被人踩踏的痛苦还不够看
抬头　青山依旧在

可以向下遁走　任月亮在高处
任他们在高处表演

如水　如泥土尘埃
如你与我　内心有过的绮丽

（原载《诗刊》2018年8月号上半月刊）

# 逃　遁

荣　荣

一场雨逃遁于午后的燥热
逃遁于湿润云朵里抽离的黑暗翅膀
春天刚刚还藏身于一朵花苞
转眼就被一缕风轻易拐跑

年过半百的人　听了太多旧日声响
那是陈年往事里一个人的伤感
她爱上的那个书生面目已改
他相许的这个世界　也物是人非

把持不住的时辰　会有更多的逃遁
会有新的混乱　消解眼前的圆满
好在还有心　夜半无人时留一地私语
好在还有命　能够正经相见

那人仍凭虚而立且用情太深
那人呼唤了一次两次甚至三次
她不为人知的固执　胆怯和挣扎
让旧日的赴火之人　难动声色

（原载《诗刊》2018年8月号上半月刊）

# 年轻的神

泉　子

他们能认出你吗?
一个一百年前的黄宾虹，
一个一千两百年前的杜甫，
一个两千年前的耶稣基督，
一个两千五百年前
惶惶如丧家之犬的孔夫子，
一个依然如此孤独，
依然并注定不能为一个时代所辨认的
年轻的神。

(原载《读诗》2018年第3期)

# 声音的箭矢

泉　子

每次听维吾尔族民间艺人的吟唱都会落泪，
在白杨树下，在篝火旁，在餐桌边，
一种即兴的吟唱，一种无意于修辞的表达，
一种不为你所知的声音的箭矢，
一种深入骨髓的忧郁与悲伤。

(原载《诗收获》2018年第1期)

# 悲欣交集

泉　子

“妈妈，谢谢你的养育之恩”，
在你遽然离世半个月前的母亲节，
在一张小卡片上，
我第一次如此郑重其事地写下了
之前一直羞于说出的话语。
在整理遗物时，
我在你枕头边的收纳盒中
再一次看见它。
我还可以再一次读出吗？
而每一次读
都意味着一次新的
这人世从来的“悲欣交集”。

（原载《滇池》2018 年第 5 期）

# 人世之寂静

泉　子

那个满头乌发的年轻人沿着公园曲折的小路走到尽头，
返回时已是满头的白发，
他右手牵着的女孩，还是那样的年轻，
那样的美丽，
还是那样的小鸟依人，还足以测度出这人世之寂静。

（原载《诗收获》2018 年第 1 期）

# 遗　忘

侯　马

我哥选中了一只公鸡
我们弟兄三人
把它折磨死了
死前
它好像不知道自己会死
我记得它落寞孤立的样子

我弟弟上小学后
把这件事写成了作文
他似乎不明白我们干了什么
或者说虽小却已会美化恶行

至于我
心里并不赞成此事
但当时一定没有反对
我拥有了一个可耻的开始
凡持暧昧态度的所作所为
事后经常忘记得干干净净

（原载《读诗》2018年第1期）

# 家　人

侯　马

我父亲高中毕业后

有一趟事关命运的远行
他骑自行车
先去看了一位老师
老师家锁门
他就去了更远的一个女同学家
女同学把她的妹妹
许给了我父亲
返程时
我父亲又去了老师家
老师提出把女儿许给他
我父亲说刚才
芬南已经把玉珍许给他了
我深知我母亲家族
男性忠厚勤劳
女性贤惠美丽
世界上也还有其他多灾多难
又美好善良的家庭吗
我可能由另外一位女子
带到这个世界上来吗
这虽然是父亲的命运
我也完全看作是我的命运

（原载《诗潮》2018年第7期）

## 在京津塘高速加油站

侯　马

在去往天津的
高速公路加油站

沈浩波坚定地告诉我
他要退出商界
专心写诗
我立即劝阻
我是这样说的
诗神就是让伊沙证明
当教师也可以写好诗
让徐江证明
自由职业也可以写好诗
让侯马证明
干公职也可以写好诗
让沈浩波证明
经商也可以写好诗
其实
我也并非完全这样认为
只是不想
马上面临我的问题

（原载《诗潮》2018年第7期）

# 春　忆

侯存丰

早些时候，大概2015年四五月间，我去赴一场
诗歌交流会，那是大学生诗社组织的小型活动。
就在这次诗会上，我结识了An，一个端庄聪慧
并在以后的岁月里不断给予我无限欢愉的女孩，
那天，她穿着浅蓝色牛仔外套，翻领匀称如翅。

诗会结束后，我们约定夜晚一起游平湖，这是
离学校很近的一座开放式公园，我本科的时候
去过几次，对中心湖的音乐喷泉印象深刻。由
于双方都有点迫不及待，出行时间被大大提前，
我们走出校门，顺着公路一侧的建筑物行进——
当我们躺在床上，述说着这次约会时，An总会
不无温柔地提起，在横过马路时，我向后伸出
手她接住我的手的那份自然，说这是命中注定。

我不否认。即使现在，我们共同居住在虚无的
房间里，看着你熟睡的面容，轻微的呼噜，我
仍以书页裹遮长颈台灯，这样我能离你更近点。

（原载《草堂》2018年第9期）

## 老　家

侯存丰

去年今日我回到家乡。是去做一次游子的指认？
或跟随直觉，想翻一翻老家书橱中的少年日记？
不记得了，我记得的是我走下客车，
正逢张营的集市，我穿过拥挤的赶集人群，
到街角买了一袋烧饼——那白色袖套在炉中
流畅地穿进穿出，吸引着我，和我身后站着的小男孩。

十二年的城市生活，已使我不习惯做长久的步行。
我叫来了三轮车，把背包和身体
一起塞进去。随着“呜呜”的电机声音响起，
我想我这是回家了。我端坐着静默着，仿佛在

接受一场肃穆的受戒。车窗外是一片广袤的麦田，
三轮车正奔跑在两旁都是金闪闪的麦芒的乡村小路上。

半个小时后，我站在了老家低矮的檐下，
并没有人出门相迎，母亲许是到邻家串门去了，
狮形门鼻上挂着锁把。我把包裹放在门角，去找母亲。
我走在平整的水泥路上，经过一棵又一棵修剪痕迹的杨树，
我在心里问自己，这可是我的家乡？那杂乱无序的亲切，
那敞亮院落的无碍哪里去了？眼前一排排平房，
一堵堵高墙让我陌生、心怯。我不相信这是我的故乡。
我朝村外走去，村外有我童年的小溪。
可当我满心欢喜地走到那里，却只看到蒿草丛生的枯沟。

还有什么能给我安慰？母亲为我的归来杀了一只鸡，
夜晚在厨房里为我调制辣椒油——那煤气灶的灰蓝，
替代了记忆中的炊烟。我带着无奈的失落把母亲扶进堂屋，
一边倒酒一边听她述说久远的往事。

（原载《草堂》2018 年第 9 期）

# 杜　若

侯存丰

临近傍晚，我在书房里抄写契诃夫文集，
你在厨房，案板的切菜声欲上围裙。
卧室的门敞开，望过去，家里的白猫
卧在枕头旁，蜷成一团，呜呜地打着呼噜。

楼下不时传来学生的谈论声，教职工食堂

打扫桌椅的抹布声，就在对面，透过窗子，
食堂门前蒲葵的叶影，越过林荫道，映入
眼中。多么舒服啊，久违的宁静暴露无遗。

我还有什么不满足呢？在更远处的城市公园里，
奏乐队演奏民歌，人们心平气和地走走坐坐。
我放下书本，暂停去写一个顶神秘的字眼，
你走了进来，端上一杯热气腾腾的橘片蜜茶。

（原载《草堂》2018 年第 9 期）

# 秋天颂

侯明辉

这个秋天，是如此的美丽
漫山遍野奔跑的庄稼、树木和我
是如此的忧伤和多情

沉醉于辽阔、风和金色的山岗
如一枚熟透的果实
正缓缓潜入我植被下的隐秘和迟缓

如你所愿，这个秋天越来越透明了
我甚至看到了，你羞涩的叶片和颗粒中
啪啪作响的呼吸和心跳

在这巨大的秋天面前
我是那么的渺小，渺小到可以忽略不计
但我仍爱上了你，那么急促、深沉

（原载《诗探索·作品卷》2018 年第 2 辑）

# 抽　屉

侯明辉

放在最上面的，应该是我
每天必须戴在脸上的面具、媚笑和虚伪
紧挨着它的，是我的算计、讨好和见风使舵

再往下翻翻，可能有我
多年前遗失的一些书信、纯真和旧车票
有乡下吹过来的絮叨和夜风

再往下，是难以启齿的卑微、泪珠和憋屈
还有言不由衷的狡诈和无耻
至于其他物品，我已记不住他们姓名

一次次抽出来，又一次次推回去
多像把我的伤口，一次次撕开又一次次缝上
又多像把这白昼、黑夜，炒过来

（原载《诗探索·作品卷》2018 年第 2 辑）

# 本　命　帖

侯明辉

尽管我与这个世界，总是格格不入
但我仍一次次挪空身体，用来摆放香案和烛火

其实，有些事物永远无法弄懂
譬如：呜咽的河流、钟声和隐秘的心

不念尘土，不看浮云
白纸一样的光阴，更适合用来包药或者抄经

在一杯烈酒里卧底。与跳出人间做一个看客
都改变不了我一两五钱的贱命

墙壁的时钟，不知被哪一场黄昏搬走了
如我，口音一改再改，与自己也越来越陌生

（原载《星星》诗刊 2018 年 2 月上旬刊）

## 群山里的灯

俞昌雄

同学朱奶根头一回去省城，看到
彻夜不眠的街道人流，他哭了
想起自己执教的那所群山里的学校
那夜里昏暗的灯
他狠狠地拍了一下脑门
天就亮了

我去过那里，一个叫当洋的地方
村庄挨着村庄，峰峦连着峰峦
长尾鸟噙着溪涧的梦
而溪涧的下方，总能听到
唯一的一所小学那琅琅的读书声

朱奶根就在那里，如本地植物
他曾无数次赞美他的学生还有那
脚下的土地，可是
他无法抠除弥漫眼角的雾气
还有肋下私藏的草木腐朽的气息

每当夜幕降临，他就守着校门口
那盏孤灯，群山不动声色
虫鸣咬人耳根。他的梦是一片
带露的叶子，在黑漆漆的世界里
他时常默念我写下的句子：
空山无一物，灯为宇，我近星辰

（原载《延安文学》2018 年第 4 期）

# 无序之诗

俞昌雄

黄昏里的芦苇是最亮的，河水的反光
几乎都倾洒到了它们身上
忽起忽落的白眉山雀
远远扑腾着，堪比哲学中隐匿的修辞

近处的竹楼有着几何学般的形状
山峦微雾，晚风里耸动着成群的虫鸣
我希望自己有一棵老树的心
贴伏大地，持久却从未被探访

山道上传来铜铃声，清脆而缥缈
不见人畜，却感觉那村庄已偷偷点亮
模仿过星辰的流萤四野追逐
唯独这脚下的流水，漆黑却尖锐

可是，我还想触探那一层薄薄的凝露
在这博大又毫无避讳的山野
我的肉体将和一株玉堂春秘密交换
而灵魂独自发光，带着暗褐色的盔甲

（原载《延安文学》2018年第4期）

## 想和你在爱琴海看落日

施施然

是的，就是这样
把你的左手搂在我的腰上
你知道我愿意将最满意的给你
手指对骨骼的挤压，和海浪的拍击
多么一致。在爱琴海
你是现实。也是虚拟
海面上空翻滚的云，生命中曾压抑的激情
像土耳其葡萄累积的酒精度
需要在某个时刻炸裂
相爱，相恨
再灰飞烟灭。原谅我，一边爱你
一边放弃你
鲸鱼在落日的玫瑰金中跃起
又沉进深海漩涡的黑洞

那失重的快乐啊，是我与生俱来的
孤独

（原载《星火》2018年第5期）

# 四月，独自在布达佩斯醒来

施施然

拉开清晨的窗帘，被纷扬的
大雪惊呆。灌木丛上
失去鸣叫的小鸟
在密集的落雪中翻飞
车流无声，开往同一个方向
我在露台上裹紧睡衣
无人注意到我在这里
我感觉到陌生，和渺小
我的亲人和朋友，此时
在地球的另一端忍受
太阳的炙烤。他们穿梭在打印机和
小山堆般的报表。接听电话
处理烦琐的事物。车流、地铁
将他们拥堵在一起
我们在人群中渴盼着离开
渴盼孤独，重返个体的原初
但我们无法摆脱
自身属性的拥有
我们获取，又失去
我们走近，又远离。周而复始
直到再无可失去。现在，多瑙河畔

车轮不息但世界静止
雪花一边飘落，一边消融在树丛里

（原载《汉诗》2018 年第 1 期）

## 过达达尼尔海峡

施施然

迎着冬日冷风伫立船头的
除了我，还有成群的海鸥

浪头和邮轮一起轰鸣。那巨大的
海洋的胸腔，容纳人类懦弱，狂妄
战争和贪欲的迷途

前方是伊斯坦布尔，是欧洲。身后
地理上的亚洲，我出生的国度

而向上奔涌的，是海面下的亡魂
他们沉重的呼啸，鸥鸟可以听懂

（原载《星火》2018 年第 5 期）

## 冬至日答张九龄

姜念光

今天的相遇未必没有道理
我未必不是孟浩然

特地在唐诗三百首的开头与你相见
拱手，打揖，一鞠到地
然后乘八小时高铁去北京
北京，未必不可以是隐居的襄阳城

未必没有李白和杜甫两个后辈
他们诗写得漂亮但官职太小
未必当上宰相才可以胸怀天下，而位高权重
未必不可以同时写情致深婉的诗
是的，你在开元盛世和写作中
巩固了双重江山
而现在是新时代，未必还要做大官，未必
在另一个盛世，继续写清淡典雅的句子

你定义，海上生明月
但现在，一轮新月，未必不可以
从山中或者高楼大厦之间升起
今夜，我在你的故乡始兴县
我穿过的夜晚，是和你一样的夜晚
但我早已不像你那样写诗
我相信，一千二百七十多年的修炼足够了
你看，我带着
石头明月，手机明月
溪水、电灯和微信的明月
乘坐的汽车驶出老虎出没的车八岭
一个加速度
就从此时，回到了天涯

（原载《延河》2018年第3期）

# 金 黄

姜念光

已经到了这样的时候，金黄
十一月的丰收的金黄，自我的金黄
告别的金黄，挽留的金黄
往事低吟的金黄
也是背过身去的、失望的金黄

曾经在春夜里激越的，而今
被束之高阁的金黄
曾经从血液里飞奔而过，又
各归其所的金黄
果树们肩膀靠着肩膀的金黄
平息了不安的蜂群的金黄

热爱词语的警惕的金黄
思想和伤病一步步逼近的金黄
目光久久注视的肉体深处的金黄
燃烧过整个夜晚的灯芯的金黄
佛祖坐化的金黄

从工匠和牺牲者当中意外现身的金黄
多年的沉默在一个中午提起来的
金黄。不是用来叫喊而是
用来忍的，疼痛的金黄。不是用来忍
而是用来流的，泪水的金黄
被证明可以不跪的膝盖下的金黄

咬着牙的、最后咽下去的金黄

已经到了这样的时候，金黄啊
不再呼救了，羞耻心！多么安静

（原载《诗刊》2018年第9期）

# 星　期　六

姜念光

半斤花生米，八两猪头肉，
三杯二锅头，加上一场
按许诺降下的鹅毛大雪，
老板娘灯笼一点，
牛栏山就变成了桃花源。
在阅读中断的地方，
书页折起半壁河山。此处
离京城五十公里，
张飞安静，抱着他的雷霆，
不出声地笑看李逵，那个粗人儿，
正拿着纸墨班门弄斧。

（原载《时代文学》2018年第1期）

# 左　行　草

聂　权

“左行草，使人无情。”

无情的生活怎么过
是否能舍下这世间温暖
容我想想。
而有时想想过往
又真的想觅一株这样的草来

（原载《柳州》2018年第2期）

## 四个人的下午

聂 权

一个女孩
在六年前的出租屋，我的隔壁
门前站着，敲，咚咚，噔噔
一个下午

昏黄的光线煎熬而又漫长
像炒锅煎煮小黄鱼。
数次探头，看到她马尾辫的油亮

“我知道你在里边！” 有时她发出呼喊
而里边的两个人一声不吭
忽然想起她，是想起
她的伤心、绝望和坚持
是基于
多美好的一份情感的
不死心和期望

（原载《柳州》2018年第2期）

# 浮　生

聂　权

对，你就是她，她就是你

茫茫人海，你们终于寻见
彼此　你们
仿佛有过一两日相爱
随后　彼此折磨
彼此纠缠

仿佛，被折辱心灵尊严的
是另一个自己。越来越凶狠
仿佛
只因你们要自我摧毁

偶尔抬头，看见山间明月一轮
它历经千古，皎洁莹彻
它的美好与洁净，使你心生悲凉。

（原载《柳州》2018年第2期）

# 寒　潭　记

高鹏程

我看见更为细小的鱼，在深潭边唼喋。
在我走近时，倏地一下散了

让出潭中唯一一块能照到阳光的地方

很显然，它们并不想与我同乐
但不要紧，我有三两旧友
有随身携带的粗陶茶壶，来煮这半日的浮生

这是珠山脚下一个普通的午后
远处的小县城，有钉牢我的饭碗
而眼前的寒潭，碧湛、澄澈，足以钉牢一个人的心

岁月静好。茶水微漾。
浮生微尘以及远处，江湖里的波澜
安静地沉在了杯底
想起我的孩子造的另一个句子：
“蜻蜓在草尖上盘旋——
它在寻找停机坪”

——是的，蜻蜓能在草尖上找到一块停机坪
我也能在心中豢养一口寒潭，几条自得其乐的游鱼

（原载《诗林》2018年第2期）

# 未完成的卡夫卡

高鹏程

据说他的中文译名应该叫作寒鸦
但未完成
巫术般的语言还停在汉语的上空

他的写作未完成
土地测量未完成
我们至今无法找到自己存在的城堡

他的爱情未完成。他逃婚，拥有三个
或者五个秘密情人
而朵拉最后未能跳入他的墓穴
一盏灯未完成
爱情来不及变成蝴蝶

读者未完成
我们在早上醒来
发现自己尚未变成甲虫

（原载《人民文学》2018 年第 2 期）

## 旧货市场

高鹏程

一件旧衣服里有陌生人的汗液也有
未曾消失的温暖
一辆二手车里有别人不曾用旧的远方
而一本旧书里有可能
依旧暗含着通往新世界的入口
在旧货市场，我淘来旧药罐，它能否
还原出一个未患风湿病的母亲
我淘来的旧罗盘、眼镜和烟嘴能否拼凑出
一个已经离开的父亲
我淘来一张旧餐桌，它能否像一块吸铁石把我们

小图钉一样吸附到
一个旧式家庭清贫、富足的日子中央
这些，只是我
一个逐渐变旧的人的想象
有时候，我会站在一面淘来的旧镜子面前
用淘来的旧剃须刀收割
用旧的光阴
有时候，我用一只旧式望远镜望向更加古老和陈旧的岁月
偶尔，我会把它倒过来——
我看到了一种尚未经历过的，新鲜的日子

（原载《人民文学》2018 年第 2 期）

## 挂在墙上的外套

高鹏程

并排挂在墙上。它们属于不同的主人
偶尔，借助从窗户外
刮来的风，左边外套的一只衣袖和右边的另一只
碰到一起——
它们只能依靠纤维感知彼此。但已很满足
它们想起不久前，在小树林里
那两棵树，近在咫尺却无法触碰
只能靠落叶的嘴唇交谈
比起那两棵树，它们的主人是幸福的，它们也是
它们曾借助两个人的拥抱完成了自己
想要的拥抱
后来，它们的主人拥有了另外的外套
它们去不同的地方。遇见不同的人，有了

不同的拥抱
现在，床空着。房间空着
只有两件挂在墙上的外套，借助一阵
来自窗外的风
紧紧靠着，像一对情侣——
带着外套下逐渐消失的两个人的体温

（原载《人民文学》2018年第2期）

# 剥洋葱

唐小米

姑姑在剥洋葱
洋葱让姑姑流泪
洋葱因为开不出花委屈了一辈子

剥去旅居地、迁徙地、暂住地
姑姑要剥出洋葱的籍贯
剥去死掉的丈夫、打工的儿子、走失的狗
摔碎的鱼缸
姑姑要剥出洋葱的命运

一层一层，不停地
姑姑，像在掘开自己的坟
像要越来越快地
挖出自己

在这个村子，这个午饭时辰
有多少人在剥洋葱？

有多少人像姑姑一样
不停地
流着泪

（原载《诗选刊》2018年第8期）

## 绿皮火车

唐小米

每扇车窗都映出夕阳通红的脸
这是一列批发落日的火车

一个河南女人用方言教训她泛着阳光的女儿
又用方言安慰吃奶的儿子
她肥硕且疲惫
光泽如身旁空空的
皮革书包

她在嗑瓜子，果壳堆在脚下
她的孩子在尖叫
像把空中的果壳踩碎了

这陷入恶作剧的孩子
一路尖叫
一路踩在她母亲扔下的果壳上
火车也来凑热闹
车轮碾着铁轨
把踩过的果壳又踩了一次

是的。就像落日碾着回忆
把过去的光阴又踩了一次

（原载《诗刊》2018年第7期）

## 青野之乡

谈雅丽

蓦然想起我爱过的你，想我从田野回来
你故意躲避着我
让我感到十分痛苦

你穿深蓝短袖，阳光下满脸温和如水
如果我回头看你，你会不知觉露出
紧张和尴尬

想起翠绿稻田，我把田埂越拉越紧
只有铁轨令人炫目地延伸
将我送向了远方——

从此后我假装忘记了你
故乡的临湖小镇在梦里回荡
摇动的水柳，圆脸铜钱草
整日下个不停的细雨啊……

从此后我每次做梦，都想问："你，爱过我吗？"
每次你默不作声，漆黑的眼睛
就像故乡远逝的——青野之乡

（原载《山东文学》2018年第5期）

# 父亲的金红电车

谈雅丽

父亲卖掉奔驰，换成一台金红电车
那么小的一台电车，慢腾腾地行走
如蜗牛移步让人放心

围着火炉的冬夜，在一次离别前的聚会后
我下楼送你们回家
寒风击打树叶，袭击着这座南方之城
一缕月光照射到了那台金红电车

我看着蹒跚的你们慢慢上车
我看着你们放下手中的苹果和牛奶
我看着发动机轻轻叫唤
我看着你们摇下车窗
对我脆弱地笑了笑——

父亲，我欠下了许多恩情需要偿还
如今将离家千里，我很害怕
害怕黑暗一不小心就会从车里
涌了出来

人间纵有离别——
唯愿岁月静好

（原载《山东文学》2018年第5期）

# 落日之美

谈雅丽

我有过类似体验，人群散去
黄昏骑着一匹老马行走在地平线上
当我独自在江堤漫步

江水清清，村庄释放着辛辣的青春
秧苗已经长成，菜籽刚刚割去
一大块平展的黑土地，托着一轮金红的落日

水渠在与江水做更深的交谈
仿佛一次快要到达终点的奔跑
我站立的地方是青草的长坡
农人背负暮色正待回转，深红夕阳
带着温热气息……渐渐沉入江水

一去不返的岁月——
提醒我看破如泡沫般昙花一现的人生
不要汲汲营营于琐碎事物
我拍摄到的
也仅是时光凝固的片刻

（原载《诗潮》2018 年第 7 期）

# 落满夕阳的晚餐

谈雅丽

暖气属于寒风的幻想
裹紧围巾给我添了一丝现实的暖意
立交桥，这座城市的脊椎骨
总让我在回家途中发生位移

落日昏昧，我在数大风中疾走的人
每次我数到背风处的傍晚
我都会遇见两个穿蓝制服的中年人

个头不高，口音不明，衣衫脏旧
在一张被人遗弃的小椅上
摆放着馒头咸菜，或快餐盒饭
——这是两个人的盛宴
天气晴好，会有夕阳落进那只简单的瓷碗

有人把落日形容为鸡蛋黄
这干冷冬天，他们就着落日在吃幻想的美味
脸上并没有露出愁苦
但路过的我，总想一家子围拢而坐的暖意
想有一顿热乎乎的炖白菜
以代替他们，落满夕阳的晚餐

（原载《诗潮》2018年第7期）

# 暮春，下天竺的清晨

桑　眉

打板了
木板是用什么树制成的呢
它长了脚
轻轻地，“笃，笃笃”
忽儿响在钟楼鼓楼之间
忽儿响在天王殿、地藏殿、药师佛殿
忽儿响在佛学院女众部的小院子
天光裁剪院中香樟树倩影

（这暮春清晨啊
似那初醒的少女
朦胧、微凉，又新鲜……）

擂鼓了
鼓点愈来愈急
鼓声却并没有愈来愈大
鼓槌甚至停下来，像木叶蝶
匍匐在动荡的海面
而那些肃然站立的人
去过波涛中心
那般镇静

（这暮春清晨呵
被飞檐上镶嵌的琉璃掬出
渺远、深邃，虚实相宜……）

念佛了
几十个人穿着同样的衣袍
几十件衣袍裹着同样的肉身
几十具肉身长着同样的嘴
几十张嘴念着同样的经文
夜与昼互换信物之前
白炽灯代替星辰（或晨光）
照耀她们

（这暮春清晨啊
正无限接近人们想象的世界
简单、清明，莹亮如新……）

（原载《汉诗》2018年第1期）

# 倘若喜欢

桑 眉

喜欢一个人是什么感觉
我们都知道
你的喜欢与别人的喜欢有什么不同
你却不知道

我的喜欢是十八岁的
从约会开始
手牵手过马路
电影散场后拥抱依依惜别
站台上与车轮一起奔跑

有一天你突然立在我经过的地方
我会飞扑过去
仿佛蝴蝶出茧
仿佛生命中最初最后的投奔
从此，白昼有南风夜晚有星辰

我的喜欢是崭新的
不因为人到中年积满尘灰
我的喜欢是梦境的
要用无数虚构来排练

（颤抖的
要用手掬着的
口含着的
用胸膛不灭的焰火烘烤着的……）

（原载《汉诗》2018年第1期）

# 看你嘛

桑眉

秋天连绵起伏的草坡
现在我不喜欢了
不喜欢一个人在坡上坐着
佯观天象，直到月亮转身
映照愁容

在春夜，我早早睡下

像刚出栏的小猪不害怕
不做梦，半夜醒来不叹息
喝点槽子里冰凉的水
倒头又睡

我睡着的时候
月光会把唇边的细绒毛揉得更细
把眉眼理匀没有波纹
把睫毛上的蓝水晶哈得更蓝更透明
像你见到过的薄薄的蓝雪

——反正你喜欢或不喜欢的
她都会抢先下手摸一摸
看你吃不吃醋
看你还抄着手
看你嘛

（原载《汉诗》2018年第1期）

# 离 别 诗

黄小培

一生都在离别啊，流逝的时光
一刻不停地带走旧风景，
带走旧家具和年迈的亲人。
花花叶叶陆续离开枝头，
消失在燥热的蝉声中。
我也在不断离开自己，我感到
体内一些小螺丝开始松动，

身体开始发福，变得贪婪、虚伪、富有野心，
这种样子曾令我厌恶又恐惧。
如果祖父还活着，他一定会在门前的
菜地里种下许多豌豆和大葱，
然后抽着烟骂我浑蛋。
为此，我醒在白天和黑夜之间，
像一个梦游者拖着疲惫的身躯
一次次奔入火热火热的生活，
我的青春正像风一样从我体内撤退。
如果你见到了像我这样的人，
你就能看到且明白他眼睛里的深渊。
请原谅他不停地奔走在远方，
原谅他那颗丢失的悲悯之心
和无处安放的乡愁，
原谅他被生活的再教育封住的嘴。

（原载《读诗》2018年第2期）

# 在 海 边

黄小培

我喜欢的蓝是在退潮后出现的。
不同于轻微的蓝，浓缩的蓝，
而是那种从来没有受过伤害的
干净又真实的蓝。
而人苍凉的一生呢？
怎么可能从没受过伤害？
为负重的爱和疲惫的身躯
摩擦在生活的火柴盒上，

怎么可能躲过它粗粝的考验?
此刻，海风推着年轻的波浪向前，
海风快要把人心吹疼了，
它吞吐的盐刚好能够疗伤。
静止的蓝，微微晃动的天空，
让我想起爱着的却突然消失的夏天，
想起在那个夏天的蓝里开出的
花朵，爱情，无畏的梦想……
一转身就会被融入巨大的蓝里，
蓝得让人静默，让人说不出话来。
我感到我的心开始被泪水融化，
很多时候我怀着巨大的空茫，
眼看着自己在生活中消融，分解。
而蓝，一定在深处的某个位置
遥望着我的悲苦和欢乐，
它每一次的消失和重现都带着
同样温暖又叫人心疼的光芒。

（原载《读诗》2018年第2期）

# 夜 空 下

黄小培

多少次仰望夜空，仿佛深陷空寂的山谷，
虫鸣锯开的寂静里，有一条小路
通往九十年代的娄樊村，
我用十年时间走出的村庄，
至而立之年才开始爱上的村庄。
从整个村庄泼洒的灯火中，

我看到了它的陈旧，温暖而恍惚。
草木时代的娄樊村，它有耐心，
不急于跟上时代的步伐，
野草爱着牛羊，青菜爱着庄稼，
人们在有限的土地上过着简单的一生。
浩瀚的夜空里住着我的遥远的村庄，
像一片孤云飘在我的头顶，
成为过去和现在之间的平衡力。
微弱的星光带动微弱的风吹动人心，
平静的池塘，爱说话的小树林，
都在此刻孤独的人间睡去了，
而许多事物像我一样在前半夜睡去，
在后半夜醒来，陪我安静地醒着，
像那些离散多年的亲人坐在身旁。

（原载《河南诗人》2018年第1期）

# 甲　虫

黄沙子

在红螺寺有人发现
路上的两只漂亮甲虫
其中一只已经被踩死
看起来就像落在地面的
陨石的颗粒，带着陌生的光
活着的那只正在向草丛爬去
它似乎忘记了自己会飞，也忘记了
给同伴收拾残骸，哪怕是
短暂的凭吊也没有

我们蹲下来用树枝帮助它前进
它显得更加慌张
一个劲地在那里转圈
我们只好后退，一直退到以为它
不可能看到我们的地方
它终于停止爬行，站立片刻后
打开翅膀飞走了，我想正是这认真的站立
让它找到了自己该做的事情
仿佛一个人在经历恐惧、同行者的死亡之后
总是会陷入沉思
但还是会孤身去往远处

（原载《汉诗》2018年第1期）

# 饮水注

黄沙子

向茶杯里注入滚烫的水，在黑暗中
你无法准确感知何时该当结束。
即便一生中你曾无数次
将一杯水倒得恰到好处，
谁又能保证这一次仍是如此。
奇迹不可能总是发生。每活过一天
你的技艺就更加纯熟一点，
每活过或卑微、或无所顾忌的一天
就是将死神的外衣脱下一件。
狗也深知这个道理，
只要打开门，他就会咬着绳子，
请求我带他出去溜达一圈，

我们沿着沙湖散步或者奔跑，
那并排行走的两个灵魂
如此相像、高大又孤单。
一生该当如何度过我从未找到答案，
但我知道欢欣有多少
痛苦就与之等同：不会更多
也不会更少。黑暗中我凭借经验
向茶杯里注入滚烫的水，这小小的容器
承接着人类的一切伟大梦想，
即使满溢出来，也终有倒完之时。

（原载《汉诗》2018年第1期）

## 雪就要被北风吹过来

黄沙子

挖出这棵树蔸
耗费了我们几乎整整一个下午
冷空气正在迫近
连续几天天空都是阴沉的
被送到镇上的那个病人
还没有消息传来
新燕河两边的榆树砍光之后
留下成排的树蔸等待清理
我们使用铁锹和斧子
有条不紊地准备过冬的柴火
几天前那个病人
也做着同样的事情
现在他躺在汉河镇的一条小巷里

雪，就要被北风吹过来
挖出的这些坑
雪就要替我们填满

（原载《汉诗》2018年第1期）

## 和两个男人看海

梅苔儿

我承认，我语言笨拙
没找到一个合适的词语
来安放海的蓝

身体里一直住着自己的海
咸涩，不安，哭泣
这片海呀！安营扎寨很多年
在异乡，是什么？将它轻易放倒

和梁积林、刘向东两个男人行走海边
说起我六十岁以后想出家
可一抬眼
天映着海，海映着天
你映着我，我映着你
这苍茫间，辽阔与细微的水乳之欢
我怎忍辜负？
海鸥，偷穿我的白裙子，飞过
它也如我般
衣香鬓影，点水

明日，我将回到我的河

（原载《椰城》2018年第5期）

# 廊 棚 记

梅苔儿

廊棚临水，廊里多游人
我闯进去之时，正是黄昏
夕阳投影于水面，给水中万物的倒影
镀上了一层木纹的光辉
我闻到了木质的香味。安详，甜美
与人性呼应
心中磨了多年的刀，应声放下

在廊下慢慢走
走回外婆家的木房子
走回泊在岸边等我的旧船
走回人头攒动的古戏台
走回妈妈味的麦芽塌饼和荷叶粉蒸肉
走回安静的乡村夜晚

一盏挂廊顶的灯笼，奉命迎我
有水声，轻轻，不绝于耳
如叮咛，如祈福
起于风，起于十月的乐队
起于人间无数“行善而搭”之廊棚

（原载《诗刊》2018年6月号下半月刊）

# 海南，海蓝

梅苕儿

我所见过的大海
大多是安静的蓝。在祖国最南端
一块硕大的蓝缎带横陈海面
风吹，有些小起伏。一念起，微澜生

是夏商刻着铭文和细纹的青铜器
是唐三彩里的蓝釉陶瓷
是出走印度换回经文的绸缎
是莫高窟飞天的霓裳，是反弹的琵琶曲
是汉代绿釉琉璃瓦，是浩瀚的唐诗宋词

不。这都是我的错觉
大海，就是一块平常百姓家的明镜
照着一些小欢喜，小悲悯，小美好
我所渴望的蓝，在低处匍匐。如自己的佛
怀着对尘世低微的爱

这一轮明月和十万星辰都将沉落入海
一想到这些
我就心生暖意。世间所有事物
都有出处和入处

（原载《诗刊》2018年第6期）

# 乌 篷 船

商　震

船身的黑色
是变暗的岁月
吱扭吱扭的桨声
也在把时间变慢
我坐在船舱里
努力地享受
这又暗又慢的世界

这是当下最慢的交通工具
通过一个桥洞
像穿过一个很长的隧道
水的波纹
也懒洋洋地荡开

这些都是很真实的场景
而我依然觉得不真实
现在所有的事物都在加速度
慢就变成了不可靠

（原载《诗歌月刊》2018 年第 4 期）

# 解　　愁

商　震

那天王二很郁闷

一会儿说寂寞
一会儿喊孤单
我陪他喝酒
我说
你想一醉解千愁吗
他说
心底有愁
喝什么也解不了

很快我们就把天喝黑了
脸也喝黑了
他去卫生间洗脸
回来对我说
其实我不孤单
刚才有一个人在镜子里
陪着我一起洗脸

他说这话时
周边的光线又暗了一些

（原载《延河》2018年第4期）

## 老梅花

商震

一朵朵梅花
像古老的铜钱
穿在这株老树上

老树已枝干铁青
表皮龟裂沟缝纵横
像被翻过的史书

梅树的缝隙里
藏着太多的冬天和雪
有说不出来的沉重和冷

老树每年用一些花朵
告诉我们
历史永远有你不知道的新鲜

老梅花不香
古钱币不能流通

这株老树一定有话要说
才一年一年地张开古铜钱的嘴

（原载《芳草》2018 年第 5 期）

# 藏　剑

商　震

新办公室的一角
放个一米多高的仿古花架
摆了盆兰花
兰花长得俊朗飘逸
与花架浑然一体

原来挂在书柜上的宝剑
我把它摘了下来
抽出剑身一看
发出月亮照在雪地上的光

我不能再把剑
明晃晃地挂在书柜上了
要严严实实地藏到兰花后面
除了我
没有人能看出
斯文的兰花后面
有一柄装满寒风的利刃

（原载《芳草》2018 年第 5 期）

## 把马牵回来

梁久明

天快黑了。我去把马牵回来

一匹老马还能走出院门
走到那个草垛前面
还能站上一会
享受冬日正午短暂的太阳
而一生的累比沉还沉
它已经不能自己走回
慢慢放下身子，再慢慢放下眼睑
一匹老马走到哪就歇在了哪

把马牵回来。我已经
用筛子筛除了粗硬的谷梗
将豆饼拌进了细碎的谷草
知道它已经没有力气打滚
早准备了一把铁刷
等它回来梳理它的皮毛

我把马牵回来
干完一天中这最后的一个活计
马回到马厩，心回到了心里

（原载《诗探索·作品卷》2018 年第 4 辑）

## 冬 天 了

梁久明

冬天了。地里的活干完了
一年的劳动宣告结束
我爱扛着镐头瞎转

路上碰见几个年轻人
开车去城里喝酒
他们总是这样：没事爱往城里跑
他们是对的
一年了，该歇歇了
应该犒劳犒劳自己

我这么想着，又将镐头高高举起
在我眼里该弄的事情太多了

水泥路上拉庄稼留下的泥疙瘩
得刨下去，稻田里
那么深的车辙想弄平整

我知道不干也不会耽误什么
而我不允许潦草
就算它一开始就是这样

（原载《诗探索·作品卷》2018 年第 4 辑）

## 稻子熟了

梁久明

稻子熟了。一群麻雀
像一梭子子弹坠落田里
它们两爪攀住稻棵啄食稻穗
很少的一点吞进肚子
大部分啄落到地上
等到冬天再扒开积雪寻找

小老鼠也没闲着，一趟一趟
将稻粒搬进洞穴
收割后的稻田里总能看见
堆着稻粒的洞口
它们一向是那么粗心
储存的粮食常被人偷走
让这个冬天备受煎熬

都是一些可怜的生灵

我原谅了它们
损失的那些粮食，就当作
大地应该收回的那一部分

（原载《诗探索·作品卷》2018年第4辑）

# 看 麦 子

梁久明

洪水将麦子和我留在了江湾
麦垛在沙梁之上
一顶马架子在麦垛之下
刚好安放我的身体

星空在哪里看都一样纯净
在不同的地方听到的声音肯定不同
涛声、虫鸣、耗子的尖叫是熟悉的
而江湾的夜声复杂多变
陌生得让人生疑

半夜里，翻动瓢盆的声响将我弄醒
我知道那是狼
白天跟它打过照面
晚上特意给它留下了食物
狼的影子在意识里只是一闪
翻个身我又呼呼睡去
身边的猎枪一动不动
它比我睡得还死

洪水围住的沙梁上除了我
还有什么人，我只能说
剩下的人都在坟里
狼是唯一可以交流的生命
为了它，白天我多打了几条鱼
我想，假以时日
我能将它培养成一条狗
跟我一起看护麦子

（原载《诗探索·作品卷》2018年第4辑）

## 树根下，那只喜鹊

梁久明

树根下，一只喜鹊在忙碌
另外几只在旁边的树上
这只觅食的喜鹊，啄了几下地面
不放心地抬一次头

当它叼出一条虫子
却没立即吃掉，而是先放在一边
之后，转动圆黑的脑袋
安静而专注地
看向左右，听着身后

天是蓝的，草是黄的
秋风顺着它的羽毛
鹞子的影子投在远处的雪上
那一刻，整个世界

都在屏住呼吸

（原载《新韵》2018年第3期）

# 耳　顺

梁　平

上了这个年纪
一夜之间，开始掩饰、躲闪、忌讳
绕开年龄的话题。我恰恰相反
很早就挂在嘴上的年事已高
高调了十年，才有值得炫耀的老成持重
耳顺，就是眼顺、心顺
逢场不再作戏，马放南山
刀枪入库，生旦净末丑已经卸妆
激越处过眼云烟心生怜悯
耳顺能够接纳各种声音
从低音炮到海豚音
从阳春白雪到下里巴人
甚至花腔、民谣、摇滚、嘻哈
皆可入耳，婉转动听
从此，世间任何角落冒出的杂音
销声匿迹

（原载《人民文学》2018年第4期）

# 免 疫 力

梁 平

感冒不期而遇
喉咙发痒、咳嗽，一把鼻涕一把泪
见不得人，把自己隔离
病毒环游我的身体
所到之处留下标记：软，软，软
软到梦无颜色，羞愧难当
我那当医生的朋友说我自作自受
说是免疫力下降，无药能敌
免疫力被敏感偷走了
免疫力被迟钝偷走了
免疫力被无辜偷走了
免疫力被牵挂偷走了
免疫力被心乱如麻的长夜偷走了
病毒乘虚而入，身体溃不成军
如此而已，只能自己下处方——
最好的药是取回被偷走的睡眠
闭上眼，净心、净身、净念
诸事视而不见，睡他个难得糊涂
不明不白不闻不问
一觉醒来，还是丽日清风

（原载《人民文学》2018年第4期）

# 深居简出

梁　平

骑马挎枪的年代已经过去，
眉目传情，只在乎山水。
拈一枝草茎闲庭信步，
与素不相识的邻居微笑，与纠结告别。
喝过的酒听过的表白都可以挥发，
巴掌大的心脏腾不出地方，
装不下太多太杂的储物。
小径通往府南河的活水，鱼虾嬉戏，
熟视无睹树枝上站立的那只白鹤。
那是一只读过唐诗的白鹤，
心生善意，脉脉含情。
后花园怀孕的流浪猫，
哈欠之后，伸展四肢的瑜伽，
在阳光下美轮美奂。丑陋的斑鸠，
也在梳理闪闪发光的羽毛。
我早起沏好的竹叶青，
茶针慢慢打开，温润而平和。

（原载《诗刊》2018 年 2 月号上半月刊）

# 花　名　册

梁　平

进入你生命里的花名册，
构成你生命的全部。

比如家族基因的大树，盘根错节，
枝繁叶茂。而这些之外，
东西南北的张三李四王五，
上下左右的赵八钱七孙六，
人世间来回一趟高铁，
从始而终。起眼每一个站台，
熙熙攘攘，勾肩搭背，擦枪走火，
如同家常便饭，随遇而安。
至于眼睛里夹沙子，
鸡蛋里挑骨头的强人所难，
就当是最轻松的游戏。
所有邂逅与相识进入花名册，
所有同行与对手进入花名册，
时间堆积，如同著作等身。
珍惜你的花名册，就是珍惜自己，
别在你生命的呕心沥血里，
假设敌意与对抗，平心静气。

（原载《文学港》2018年第6期）

## 黑河观日出

梁 梓

一条河
从来都不是要把两岸绝对地分开
不是分界
而是契合，弥补。充盈它们之间的鸿沟
此刻，我站在黑龙江畔——
站在和另一个国度即将要迎来的黎明

轻易地获得满怀的激动，庄严，神圣

我看见太阳的小半边脸，红彤彤
像一个孩子的脸，赤诚，懵懂，新鲜
恍惚之间，隐约看见它踮了一下脚尖
光芒一下子就从身上抖落出来
像一只巨大的鸟儿瞬间打开翅膀飞过来
从普希金，彼得大帝的故乡
从对岸的城市——布拉戈维申斯科

我仿佛看见
布罗茨基的黑马，瞬间腾空而起——
然后是太阳！
我们的太阳，它升起来，它布道一般
用纯金瞬间就铺满了河湾
这一刹那，我知道身后的祖国都将被照耀
我内心深处仿佛某个久违的，神圣、静谧的区域
也被瞬间照亮

（原载于《长白诗世界》2018 年第 13 期）

# 请原谅那些小小的芒刺

梁　梓

你薅掉田里的草，如果割伤了手指
请你原谅它，它并不是你天生的仇敌
如果你咬开的是一枚有虫子的沙果
请你也原谅它
它无法自己独享自己的甜蜜

它也并非别有用心，谁都没有暗施诡计

当一棵树木举着高大的伤悲
它无法产生浓荫
不开花、也不结果
请你原谅它，就像原谅一个迷路的老人

总有一些无所谓的事物在生长
如果不影响你的收成，请你原谅它
就像原谅你下巴上那些疯长的胡须

让它们长吧！让它们梳理风，让它们洗净雨
让它们给尚未绝种的昆虫最后的乐园
——最后的广场。最后的音乐厅

（原载《诗探索·作品卷》2018年第4辑）

# 黄 昏

梁 梓

散步的空隙
夕阳已把金子涂在高大的杦树上
霜打过的叶子。闪烁着短暂的荣耀
稠密的手稿。发光的手稿
隐匿其间。麻雀部落的臣民在朗诵
它们说流利的语言，铁匠铺的语言
嘈杂的间隙——
获得巨大的安静
像河水停滞，打着小小的漩涡

黄昏总是弥漫着神秘的气息
多年后，异乡，一个破旧的郎木寺
几个沙弥大声诵《地藏经》
寺庙的犄角撑着一片金光
我想到——
如果不是有一种可以托住光的事物
天很快就会黑下来

（原载《诗探索·作品卷》2018年第4辑）

# 我会不会像它

琳 子

我会不会像它
一只挤进居室的蚊子
这么冷了
居然还活着

它那么轻那么细那么小是怎样一点一点穿过
钢筋水泥浇筑的墙体没有折断
翅膀，没有折断腹尖和吻下那根
颤颤悠悠的肉管

我会不会像它
只要没有人给我致命一击
就会翻山越岭挤进他的小屋
找到黑暗的避风处站立，悬挂，藏身
却再也刺不进
他的皮肤

——他的血
他的肉体都已没有用处。你听我在叹息
在叹息
在这无边的黑夜让冰冷的月光
熄灭一样照我

（原载《读诗》2018年第3期）

# 所有的灰尘都是有来历的

琳 子

房间里
所有的灰尘都是有来历的
粉红的铁屑来自楼下那间工厂，切割
让两块金属分离，粉末
带给我生铁的味道
我把土豆、洋葱、大蒜带回厨房，在门口
脱掉皮鞋，换上拖鞋
随尘而入的碎屑已先我而入
我把钞票夹在一张存折里，那笔迹
越来越暗淡。橡皮
是一段多么含糊的旧时光啊
野菊的香味被一只猫头鹰丢掉，落在我的
枕头上。我说：一只老鼠
多么适合这只大眼睛的黑鸟
秋天到来，太阳明净，我反复敲打一件旧毛衣
羊吃草的声音，剪毛的声音
落在桌子上。我说

所有的灰尘都是有来历的
因此，我给门窗画葵花图案

（原载《诗潮》2018 年第 4 期）

# 忍　住

琳　子

你要忍住爷爷的咳嗽
忍住大黄狗舔你的手心
和脸。忍住铅笔橡皮红方格格稿纸
忍住柜台里的高高悬挂的
小人书和蜡笔画

你要忍住第一次从身体内
突奔而来的血
你多惊慌啊，你的破碎从此开始

你要忍住跳高
跨栏。忍住一个男孩子眼睛里的蜂巢
忍住他嘴唇上的绒毛
和喉结上的滚涌

要忍住儿子。忍住由此而来的
前程。忍住节育环
忍住飞机
忍住铁轨忍住公路甚至要忍住所有的
速度和震动

最后，你要忍住泉眼
忍住高潮
忍住灰烬

（原载《读诗》2018 年第 3 期）

## 小 夜 曲

崔宝珠

春天，我把一个旧蜂箱
放在你经过的花丛里

我想，我也许不是爱你
我只是爱爱情本身

我不是爱这繁花与溪水
我只是爱这时光

我不是爱蜂巢中的蜜糖
我只是爱它梦幻的甜

我不是爱甜味
我只是怜悯我历经酸苦的味蕾

我也许并不是爱你
我只是爱着，那沉船般的身体中生锈的

钉子与情欲。也爱着苹果里的
酒精爱着那些微风拂过之间

小小的迟疑

我爱着所有稍纵即逝的事物
爱着灰烬我是
迷路的工蜂也爱着腹内的一根针

（原载《诗探索·作品卷》2018 年第 3 辑）

# 交　换

崔宝珠

一只灰地鼠窸窸窣窣地穿过草叶
它啜着露水说它看到过
天与海的界限
海中升起的月亮远比你们看到的
大而明亮
母地鼠们成群踏着草尖上的月光跳舞
我请求它让我看看
那个世界的月亮
它们的、蚱蜢、蟾蜍的
它提出与我交换身体
那夜
家人说看到我
在逼仄的房间里踮起脚尖站立
双手交叠着举起来
像在祈祷
我真的在梦里看到了
草叶间升起的月亮
在天海之间

车轮一样骨碌碌滚动
而那晚一只灰地鼠
获得了半个夜晚
独自仰望
窗角一颗小行星时的莫名忧伤

（原载《诗探索·作品卷》2018年第3辑）

# 薄　霜

崔宝珠

“今夜很冷了，外婆”
“是啊！我刚停下纺车
去院子里看看。月亮已经升高
满地轻霜
打湿了鞋子。我就回房间
给你远在洛阳的外公
写一封回信”

“妈妈，今夜下霜了”
“你邻家的嫂子
出来抱柴草时
突然生下了孩子
阿弥陀佛
还好母子平安”
霜打的干草上留下了产妇的血
和新生儿响亮的啼哭

“南京天气怎么样

我的女儿？”
“我 11 点从图书馆回宿舍
路灯里看到霜花降下
心里很安静
好像突然长大了，妈妈”

我在院子里走动，搬走两盆菊花
经霜的花朵那么沉
像是岁月，走过去，留下了根

（原载《诗探索·作品卷》2018 年第 3 辑）

# 秋　香

崔宝珠

清早，无事可做让我心安。打开门
并不为出去，只想对谁含笑说：请进来吧

像羞涩的邻家少女
踮着脚轻轻进房。她从哪里来，我不知道，也不去深究

她绕过书架，抚摩念书的孩子的小脸
又进了厨房，让糯米桂花粥更甜

她逗了沙发上的猫咪，它喵喵叫着
跳到了花盆后面

那或许是爱，更像是被突然赋予了
知感的灵魂……我相信她认识我，远在我认识她之前

（原载《诗探索·作品卷》2018 年第 3 辑）

# 邻居

崔宝珠

黄昏时，我左边的新邻居搬走了
我没来得及认识他们
透过白墙看到隔壁空空的房间
一丛丛蜀葵正在虚白中飞快地生长开花
有一朵从窗子里探出头来
仿佛热情、妩媚的女主人
她的笑脸使我的梦变得温暖
时令已近小雪，我右边的邻居
在院子里劈柴，他汗湿的脸热气腾腾
我亦从未拜访过住在我后边的邻居
我想象她在深夜里像我一样
铺开稿纸，写下诗句
我坐在小房间里构画我
周围的邻居，也许隔了万水千山
他们模糊的脸上有明亮、亲切的眼睛
不久，一场大雪将降下
掩埋你我之间的路径
我们都是拿孤独提炼钻石的人
当尘世上所有的灯都熄灭
世界黑暗，这些钻石将上升
变成星星
正是我们共有的孤独构成了星空的完整

（原载《诗探索·作品卷》2018年第3辑）

# 复　活

韩文戈

有一天我把败落的村子原样修复
记忆中，谁家的房子仍在原处，东家挨西家
树木也原地栽下，让走远的风再吹回，吹向树梢
鸡鸭骡马都在自己的领地撒着欢儿
水井淘干净，让那水恢复甘甜
铲掉小学操场上的杂草，把倾倒的石头墙垒起来
让雨水把屋瓦淋黑，鸟窝筑在屋檐与枝头
鸟群在孩子的仰望中还盘旋在那片天空
在狭窄破旧的村街上，留出阳光或浓阴的地方
在小小的十字路口，走街串巷的梆子声敲响
把明亮的上午与幽深的下午接续好
再留给我白昼中间那不长不短的午梦
当我把老村庄重新建在山脚与河水之间
突然我变得束手无策
因为我不能把死去与逃离的人再一一找回来

（原载《诗东北》2018 年上半年卷）

# 流浪的人

韩文戈

那个成了孤儿的孩子又来到父母碑前
他跪倒在隆起的黄土旁，几株野草长出了芽尖
他对着空旷处叫着爹娘，又抬头看了看天空
仿佛他们会在云端上答应

我抱起那个疲惫的孩子，他也抱紧了我
带着绝望，他慢慢消失在我的身体里
他幼小的心空着，一定期待某些神迹的出现
但没有一个神带给他启示，人世在翻涌

从此，我要一边替他寻找爹娘
一边带他感受隐身的神，在时间的秘密里流浪

（原载《当代人》2018年第6期）

## 我们那边人们的活法

韩文戈

天黑得发亮时就被称作漆黑
山里没通电的年月，星星就显得特别大
当我们走在星光下依次告别
没有一个人说晚安
只是互相提醒，天不早了，去睡吧
那时，我看到悬在天幕上的翅膀显得疲倦
它们会依次下降，下降，把自己的翅膀
摊开在葡萄架、河面或草地上
在白天我们也不会说早安与午安
我们会互致问候：吃过了吗？然后结伴奔向田野
后边跟着我们的女人、牛马，以及幼小的孩子

（原载《诗东北》2018年上半年卷）

# 回　声

韩文戈

已经很多年了，我们一起来到太行山深处
嶂石岩，东方最大的回音壁
群山之中，面对刀削的绝壁，我喊出我的名字
而回声迟迟没有传来
一对双胞胎，一个迷失了
另外一个就再也找不到家，在人世间流浪

我一直等待那一年喊出的名字，盼它穿山越岭
早点回家
也许到了老年，历经生命的奇迹之后
青春的回音才会传来

这就像秋天晚上的田野，霜、露渐冷渐重
我们抓紧晚上的时间掰下玉米
为播种冬小麦腾出土地
不经意地，在收走了棒子
还没来得及撂倒的玉米田里
两匹白天走失的马，像老朋友一样
把喷着鼻息的马头，探出月光密集的青纱帐
伸到我眼前的幽暗

——那些回声
总要在生命的不经意处传回来

（原载《诗潮》2018 年第 1 期）

# 空心菜

黑枣

“人无心，如何？”“人无心，则死！”
卖空心菜的妇人不知道她面前的这个人
现在就是一株空心菜
等着她为他装上一颗起死回生的心脏……

卖空心菜的妇人不知道她助纣为虐了。
我想汲取教训，反过来为一株空心菜量身定做
一颗心脏。一颗水滴般的心脏
从青翠的菜叶注入，打通全身的关节
直达根部隐居的泥土深处……可是我瞎忙了
空即是色，色即是空。乡间草菜，不问生死
你喜欢它，它是菜
你忘记它，它为草
反过来却是它替我预订了后半生的世界观

（原载《诗探索·作品卷》2018年第2辑）

# 芋头

黑枣

老人家讲过，削芋头时不可说痒痒
一说，两只手会挠上好半天
我老婆怀孕八个多月时，削过一回芋头
儿子出生后，左鬓上方有一条小小的印痕

像拿刀削过似，也不长头发……
儿子从小到大，爱吃芋头，煎、炒、炸、煮
边吃，边拿那道疤来刁难妈妈
前几天，当我动手写一组有关蔬菜的诗歌
我老婆立刻嚷了起来：芋头！芋头……

庸常的生活，每道菜里都有一位神明
每只碗里都供着一尊菩萨

（原载《诗探索·作品卷》2018年第2辑）

## 一个人喝茶

黑　枣

能把闹市喝成寺庙吗
能把算盘喝成如意吗
能把坏心情喝成好天气吗
能把一个人喝成一条路吗

这一生，配得上这杯茶的有几人
天气尚热，人心依旧叵测
把一壶水烧开容易
把一杯茶喝透，靠机缘巧合
一个人喝茶，像一个人摸着石头过河
我看对岸每棵树都是菩萨
白云落入深山宛如皈依……

（原载《草原》2018年第2期）

# 中秋过峤山水库

蓝 野

小时候，这片水就是我对大海的想象
在大石头河下游
父亲和我用独轮车将弟弟从大姑家接回来
车轮碾过冰雪，嘎嘎的声音还在耳边响着
而峤山水库
已经好多年没结过冰了
这世界确实温暖了许多？

上一个月圆之夜
五个孩子和一位父亲
在一辆加大了油门的面包车里冲了进去
那位被生活压榨得无处可去的父亲
那位开大货车拉钢铁跑长途的父亲
那位糟糕的父亲，那位被诅咒的父亲
拉着自己的骨肉至亲奔向了我童年的大海

有关事件的各种因由
曾在媒体上铺天盖地
中秋节，已再没有人提起
天将黑下来，圆圆的大月亮挂上了东山

天地间一片冰雪样的银白

（原载《青岛文学》2018年10月号）

# 拔　牙　记

蓝　野

王氏牙科诊所的大堂里
利用这短短的中秋假期来拔牙的
竟然都是赶了千里万里的路

我们几个等候拔牙的人
说起来的，都是路上的故事
你从南方回来，未经迢迢水路
沿海高速上，服务区里曾遇见一个低头痛哭的老乡
我从北京回来
一夜大巴，将自己熬成了
布满尘土的苍老的父亲

没用麻醉，在我张开嘴巴的一瞬
两颗牙齿带了一点血丝
当啷！被扔进了托盘
这两颗牙齿，在他乡忍受了多少疼痛
忽略了多少疼痛
才有了此刻在故乡小诊所里的安静

我们三个拔过牙的人
在小诊所外抽起了烟
拔牙之前那么多话，此刻突然一言不发
沉默起来

上海回来的那哥们儿

脸面上挂了两颗晶莹的泪
我知道，我们知道
故乡，放大了我们的疼痛和委屈

（原载《青岛文学》2018年10月号）

# 勃兰登堡协奏曲及其他

蓝 野

很多次了
在城市，乡村
熟悉的地方，陌生的地方
夜晚安寂之时，或者午后喧闹之时
音乐会突然响起
从临街小店的音箱中，自高树上的喇叭里
旋律倾泻一地

我就在那乐音笼罩下
或者激荡，目光放远，内心轰响如河流
或者安静，从内到外，像一棵站立的树木

天地之间
我旋即进入剧情
在最合适的配乐声里，出演了那一刻
没人替代的主角

（原载《诗探索·作品卷》2018年第1辑）

# 石头记

蓝野

我有什么脸面说自己满怀激情啊?
我们桌上的那小小石头
沉着，安静，却是从火山口喷射而出
它心里的火焰还在
内壁是红色的，有着沉重的起伏

这个城市，有人吸食毒品，我不敢
有人跳下高楼，我不配
有人狂啸，有人裸奔，有人毁掉诗篇……
而我沿道路上最僻静的一侧垂头走着

那外表冰凉的石头
曾经激烈燃烧过，看着他们
我有什么脸面说自己满怀激情啊?

（原载《诗探索·作品卷》2018 年第 1 辑）

# 盲僧

雷平阳

不是每一座山上都有寺庙
不是每一座寺庙里
都有高僧大德
不是每一个高僧大德

都没有犯浑或走神的时候
现在，坐在我对面的这个和尚
是个盲人，他说：
“庙门之外，遍野都是佛灯！”
我欲起身证实，他让我继续饮茶
“你的一双俗眼和一颗俗心
只会看见黑暗中提灯赶路的人！”
我无言以对，看见茶案上的夕照里
两只草虫正在交配
他应该是草虫的主人
没有把它们分开。佛灯下
他的盲眼里，伸出两根分叉的蛇芯

（原载《诗歌月刊》2018 年第 1 期）

## 拉卜楞寺的中午

雷平阳

多一个人来到这儿
人世上就多出了一座寺庙
多出了一种宗教
我和我的儿子
就是今天多出来的两个人
一个喜欢寺庙顶上蓝色的天空
一个喜欢寺庙里活生生的神灵
这多出来的天空
这多出来的神灵
我们分别敬爱
各怀芬芳的心愿
离开拉卜楞寺之后

我还爱上了草原
爱上了多出来的辽阔
上面刮过的风，满足了我
对自由的思念

（原载《滇池》2018年第1期）

## 请医生不要注射麻醉剂

雷平阳

疲惫袭来，竟然有芒刺扎心的痛感
竟然有爱的奢求，但我愿在这
车人燃烧的街道上睡去；愿沉默着闯过
一个个审讯的窗口，像归来的流放者
再一次被摁倒在地上。暴雨即将拉开黑幕
你们别抓住我，我要手握着闪电
在天空奔跑。也请刚才踢断我肋骨的
那个人，听我一句忠告：不要轻易选择暴力
哪怕是往别人的脸上吐一口痰，你也要
想好了，从今以后，大海也洗不干净你的灵魂
我已疲惫不堪，就让我在救护车上
或者太平间里，睡一会儿，就一会儿
如果在手术台上，我还得回答你们的问讯
请医生不要注射麻醉剂，忍着剧痛
我才能回答得精准、简短："请你们记住
我们都是罪人，我的罪过，我爱
你们的罪过，你们反对爱！"

（原载《滇池》2018年第1期）

# 致 月 亮

雷平阳

月亮，今生我想至少与你相聚一次
地点由你选定：天心、海面、旷野、寺院后的山头
当然也可以就在你的体内

或者我的屋顶上
只要能接到你的邀请，一个唯心主义者
他想听见你凌空的脚步声，想看见你
因一场酒席而停顿，关键是他想
与你为徒，扛一棵桂花树走在你的前面
为你打扫满天黑暗的灰尘

（原载《滇池》2018年第1期）

# 阳 关

路 也

二十一世纪的大风吹着汉代颓圮的烽燧
唐朝的一句口语诗悬在天地间：西出阳关无故人

我看见了什么？看见少，看见无，看见时间
看见时间把多和有变成少和无

我还看见写下那句诗时，那个长安诗人哭了
那个有雨的春天的早晨

犹如一封信函，邮寄至千年后的今天

阿尔金山在远处，爱着自己的白色雪帽
一条长长大路用丝绸铺成
倒换通关文牒，下一站即楼兰
和亲的公主最后一次回头，告别青春

风在沙漠上写下一个个姓名，又将它们掩埋
一只露出地表的陶罐是断代史的注释
惊扰了整个戈壁滩

只有红柳，胆敢与骆驼刺相爱
地平线不朽，地平线折不断，地平线永远横卧在前

是谁把我逼成了徐霞客，一个人跑出这么远
再也不会相见了，再也不会有音讯
故人啊，我已西出阳关

（原载《中国诗歌》2018 年第 1 卷）

# 太 行 山

路 也

分不清天河梁、阳曲山、走马槽
只知一座连一座，统统叫太行

在高处，它制造悬崖和突兀
向天空和星辰宣誓
在半坡，它侍弄大片大片野花

说出最想说出来的话
在低处，它纵容溪水
安抚村落和牛羊

它的裂谷幻想愈合的可能
它的绝壁找不到退路
它的山脊上的石路伸向迷失和遗忘
它的腹腔里有煤块在缄默

既不属公元前也不属公元后
除了上苍，它什么也不信

落日新鲜，被它圆圆地扛在肩头
接着又砍去一半

初秋的风吹过高山草甸
拖着长长的裙摆
不必分清哪边是山西，哪边是河北与河南

如果对人世迷惘，请来太行
因为别处的屋檐都太矮，也不够敞亮

（原载《中国诗歌》2018年第1卷）

## 芦　花

路　也

芦花摇晃着秋天
唯有天国，是静止的

在一大片白茫茫之中，偶有缝隙
可见到天空的蔚蓝

草本的笔直的表情
最后想法放在了浅水的坟茔上
芦花的头发和衣袖里面
盛满了风

风里有命运
命运是醒着的

停顿，弯腰，倾侧，伏倒，朝同一方向归顺
它们仿佛在奔跑
不但没有成阻力，反而加快了风速

孤独凭借芦花，芦花凭借风
在开口说话

芦花掩埋了自己的道路
风从无形变成了有形
谁的心在与它们一起押韵
在恍惚

共同抵达沼泽的另一岸
地平线远远地横卧，那上面的夕阳那么伤悲

（原载《扬子江诗刊》2018 年第 2 期）

# 抵　达

路　也

清晨六点
海和风都醒来了

飞机把我扔在西太平洋的一个小岛上
头也不回地走了
我的大陆已经远去

踩在陌生的经线和纬线上
天空是拱形的，有蓝琉璃穹顶
蓝得坚定，蓝得不妥协

免税店还没营业，折扣还陷落在标价牌上
咖啡屋等着被煮沸

太阳缀着流苏，把一切纳入它的烤箱
把石头烤得心肠变软
九重葛呼吸急促

这说查莫洛语的小岛多么陌生
这在大洋深处漂无所依的小岛多么孤零

我到这里来做什么呢
我一个人悄悄地来做什么呢
或许只是想表达一下流浪的自由

（原载《诗潮》2018年第3期）

# 陪母亲重游西湖

路 也

这一次，是我和母亲乘电瓶车
快速翻页，浏览西湖
一目十行，过目不忘

上一次，是十五年前，微雨的深秋
以脚步丈量西湖的周长和半径
那时父亲还在，指点江山

那次我犯偏头疼
躺倒在白堤的草坪，望向天空
父母围在身旁，我的疼痛里有故乡

那次游西湖之后，父亲又活了三年
此后母亲独居，我成半个孤儿

电瓶车正开过北山路
我忽然指向孤山的斜对面：
看哪，那是我们三人住过的新新饭店
当时预订它，只因胡适先生住过

那年在湖畔买的丝绸，还绕在我的颈上
那年的杭白菊，已无法在世间找寻

（原载《诗湖》2018年第3期）

# 心　酸

路　亚

有了小秘密的女儿每天
用英文、日文夹杂着火星文写着日记
我的秘密是我看不懂也知道她记下了什么
暮色催我老的时候我是坦然接受的
当她的懵懂和喜悦才刚刚开始
以后，就由我负责替她看
小时候怎么看也看不腻的星空、银河
替她读，那些脸谱和墙角的阴影
替她整理乱糟糟的房间。我变得脚踏实地
我小腹酥软温热的时候越来越少
但其实我的爱并没有减少
我只是，不再说多余的话吃多余的食物
睡多余的觉，认识多余的人
但人是复杂的，因此我望见——
喧嚣的街头，一个男人疲惫而专注的
注视让我心酸，他对爱情的欲念
让我心酸，并让我在瞬间就爱上了他

（原载《诗歌风赏》2018年第2卷）

# 这中间，发生了什么

路　亚

羡慕过我的人

现在，过上了体面的好日子
碰到我的时候活泼又热情
他们听说了我的不幸
却善良地装作一无所知
他们提起那时，我多么勇敢
像不会游泳的人一步跨进海洋
我听了只好尴尬地笑笑
而我曾经羡慕过的人
现在，眉头紧锁，满脸皱纹……
他们看见我的时候目光躲闪
我们随便谈了谈天气：
好冷啊，冬天快要到了
然后尴尬地笑笑
匆忙告别

（原载《读诗》2018 年第 1 期）

# 马

路　亚

迅疾的马蹄
撞开栅栏　惊散一群小鹿

你当年的影子蓦然闪现
不在路上　不在墙上
不在你温柔忧伤的眸子里
月凉如水　也浮不起你的身躯

但我记得你扬蹄时的意气风发

记得你转瞬即逝的美
记得你掠去我目光的主人
记得自己的沸腾　长久的盲目

当你再次出现
河流　山川　田野……永在的一切
和我一齐醒来
而你一贫如洗的主人

仓皇弃下你
如同弃下　一段未果的爱
这个驾驭你多年的骑手
他早已没有了冒险的快感

而你　在爱的角斗中学会了逃避
我来不及起身　蹄声已远

（原载《诗歌风赏》2018年第2卷）

## 2018年的我

慕　白

我见山说山
见水说水
狗年也只做人

我不会见风就说雨
我喜欢阳春白雪
喜欢风花也爱雪月

黑是黑，白是白
冰冻三尺非一日之寒

世上还有冰霜，还有贫寒之苦
冰雪融化后，锦上添花当然是好
更多需要的是雪中送炭

雪虐风饕亦自如
我知道粉饰只是一时
植物都能凌霜傲雪，澡雪精神
雪教会我做人的尊严

（原载《诗探索·作品卷》2018年第2辑）

# 海 边 书

慕 白

我闲居已久
整日无所事事
如果你也有空
请来跟我一起去海边走走

酒只够两个人喝，人多了不行
明月还剩许多，只管拿去，只是天
在海边暗得越来越早了

我不是来度假的
我对孤独深度过敏

一风吹草动，我都深感不安
房门没有上锁，你推进去就是

昨夜桃花盛开，山行海宿
醒来发现又是做梦
以梦为马，大家都赶不上过去
人生有如候鸟，爱自己就是爱他人

我懒得出门，已无天命之忧
没有为什么，海水枯竭的时候
地球也会自转，写诗是无用的
爱就深爱，沧海一粟，水就是火
我从没有过逐鹿中原的野心
我只珍惜眼前，我爱的和爱我的人

（原载《诗潮》2018年第5期）

# 春中茶园作

慕 白

茶的生与死，只在一场春雪
满目春山尽白头，人走就凉
春寒胜于人祸，只有沸腾的水知晓
茶香来自苦寒，活着不易
被折戟，被杀青，被揉捻
被发酵、被烘烤，被赴汤，被蹈火
遍尝人间滋味，茶出身于农家
性苦寒，功效止渴、明目、益思
消炎解毒。死是一件自然的事

茶的一生，总是无法为自己除烦去腻
驱困轻身。在这春天里
雪地江山如画，只有这小小的草木
灵魂中长满不为人知的悲伤

吃茶去吧。群山之巅，人心为峰
草木之心，一岁一枯荣
蚯蚓在地底用柔软的身躯耕耘
而世界空旷，虫鸣闪烁其上

（原载《星星诗刊》2018 年 1 月上旬刊）

# 蓝

蝈 蝈

小镇在地上
草木在地上
像我一样的孩子也在地上
大地有时候是苍白的
被风吹得瘦骨伶仃

天上的蓝就显得珍贵
哪怕一小片，都无力摘下来
它不像树叶会掉落
我只有抬头仰望
把自己想象成，用力向上生长的
一朵忧愁

在月牙泉小镇

我就这样，虚妄地丢弃了
一个发蓝的下午

（原载《文学港》2018年第9期）

## 雪　夜

蝈　蝈

今天的雪，已经随着预测降临
不像早些年雪是跟着感觉落下来
比如关节炎、风湿病，潮湿的意思先从
身体蔓延开来。昨夜，雪还是细微的雨丝
好多人在朋友圈里发出消息
为什么大家都在关注雪的到来？内心的干燥
抑或是灰色天空下需要雪地的遮蔽？
前些天的大雪，一个孩子
在雪野里咯吱咯吱踩出一条车辙印儿
他就是雪最好的朋友——
北方人，胸中都有
一场与生俱来的大雪

（原载《文学港》2018年第9期）

## 敦　煌

蝈　蝈

第一眼，看到黄沙虎伏
几个老乡骑着骆驼走向古代
第二眼，看到天空的水车

风刷过脸的疼痛被它的碧蓝原谅
接下去，我就察觉双眼的贪婪
万物卑微，在敦煌的怀抱里胡乱活着
直到推迟的黎明缓缓抵达
我像一列老火车
咔嗒咔嗒，从幼年的鼾声里惊醒
——蓦然看见：
所有的绿色，都被浩瀚吞噬
星空透彻，无人诵经

（原载《文学港》2018 年第 9 期）

# 偷　生　记

臧海英

我用另一个名字
把写作中的我，和生活中的我分开
我多么想，摆脱自己
狼狈不堪的命运
这段时间，我的文字里
果然都是清风明月
虚构出来的幸福，比现实还要令人感动
我也真就以为，自己多出了一条命
从此过上了另一种生活
而被我弃于现实的那个人
常常闯进来，让我不得安宁
她塞给我一地鸡毛
让我承认，那才是我
让我承认，偷生于另一个人的生活
是多么虚妄

逃避、怯懦、自欺欺人
——我也为此羞愧过
但我真的不想，在困境里一而再
再而三地挣扎下去

（原载《草堂》2018年第1期）

## 我每天生活在大海上

臧海英

“我每天生活在大海上”
写下这句话，我来到屋外

我是鱼类、藻类、还是甲壳类？
人群里，我为找不到自己的属性，感到孤单

我怕水
这相当于生存的悖论

我走在华北平原的大街上
一边在大海里拼命地游水

（原载《诗刊》2018年6月上半月刊）

## 画　鹤

臧海英

想画一只白鹤

一只白鹤，在我心上描画无数遍了

——眼里的薄霜，羽毛下的孤寂
它越来越具体
我甚至感到喉咙里，有它游丝般的呼吸

我拿起笔，它飞走了
我放下笔，它又飞回来

一只白鹤，养在我繁杂的日常背后
它单腿站立

（原载《诗刊》2018 年第 6 期上半月刊）

# 作为人的证据

臧海英

看《画皮》，里面的妖
想成为人
镜头里，她步步逼问另一个妖：
你有体温吗？有心跳吗？
闻过花香吗？
看得出天空的颜色吗？
流过眼泪，世上有人爱你吗？
有吗？

我听见自己虚弱地答道：
“没有……”

（原载《诗刊》2018 年第 6 期上半月刊）

# 太平静了

熊 曼

太平静了，以至于未完成的生活
梦替我继续。在和男人冷战后
梦换一个肩膀，替我遮挡风雨
换一张嘴对我讲情话。梦里我替谁
又哭又笑，活成自开自落的野花
香气任风吹散。梦还携我辗转千里
去大漠观落日，又去江南看杏花
偶尔路遇豹子，整夜在身后虎视眈眈
梦太真实了，以至于每次醒来
我都以为置身梦中

（原载《汉诗》2018年第2期）

# 如 果

熊 曼

如果你有过这样一位小学老师
他瘦削，温和，穿着整洁的旧衣裳

曾用矜持的手，抚过你的额头
令你止住哭泣。教你写字，读诗

在午后拉起二胡，琴声溅落在池塘水面上
在多年后的今天，依然击中了你

如果你抬头，看到太阳又新鲜又陈旧
照耀着堂前草，年幼的心滋生了莫名的忧伤

如果你忘了他的名字，但不能阻止他的影子
在眼前摇晃。像路旁的树枝

如果——请立即动身，去寻找他吧
即使他已离开人世

（原载《汉诗》2018 年第 2 期）

# 灰　烬

熊　曼

我惊异于体内的小心脏
还能萌生出一些毛茸茸的念头
令提前到来的中年生活
有点痒和干燥
我路过樱树，垂柳和紫荆
看到它们的枝条旁逸斜出
就要将天空染绿了
那些香气没命地往我体内钻
为此我感到苦恼。我想等一个人
很久了他也没来，我不知该怎么办
现在是春天我却想象一场雪
想象它白白的落在天地间
覆盖了一切，包括骨头与骨头
之间的空隙

（原载《汉诗》2018 年第 2 期）

# 男　孩

熊　曼

他是在我开始对人类情感游戏
感到倦怠时，来到这个世界的
他有类似于我的散淡，大大圆圆的眼睛
驴子般的犟脾气，还有我所渴望的
高鼻梁与猎人般的果敢

昨天削苹果时我伤到了手。他跑过来
捧起它亲了亲，并给了我一个拥抱
我不动声色地享用着，来自他小小身体的善意
并感到了一种尘埃落定后的疲惫和欣慰

（原载《汉诗》2018年第2期）

# 环湖骑行

熊　曼

一天要怎样才不算虚度？
三十岁后她偶尔会惊惧于
时间之刃上的寒光
那天她换上小白鞋
加入到骑行的队伍中去
从高处俯冲下来时
她感到了眩晕
但更多是飞翔的快感

整个下午沿湖骑行
一扭头就看到血红的落日
挂在清冽的湖面上
几只麻鸭在练习潜泳
直到月亮一点点升起
衬衣被汗湿
她才终于感到一些
疲惫的圆满

（原载《汉诗》2018 年第 2 期）

# 母亲坐在阳台上

熊 焱

她坐在阳台上，那么小
那么慈祥。一张沧桑的脸
有着夕阳落山的静谧

磨损了一辈子，她的腿已经瘸了
背已经佝偻了，头上开满深秋的芦花
生命的暮晚挂满霜冻的黄叶

当她出神地望着窗外，院子里那些娇美的少女
一定有一个，是她年轻时的姐妹
一定有一阵暖风，葱郁过她的青春

好几次，我都是连喊了几声
她才迟缓地回过神——

这一条大河的末段啊，是不是需要
更多的泥沙和泪水，才能溅起苍老的回声
是不是要在狭窄的入海口，都要放缓它的奔腾

我是多么爱她！我年近古稀的母亲
我已与她在人间共处了三十多年
而我愧疚于我漫长的失忆
愧疚于我总是记不起她年轻时的容颜
每一次想她，每一次我都只是想起
她坐在阳台上，那么小
那么慈祥。一张沧桑的脸
有着夕阳落山的静谧

（原载《诗探索·作品卷》2018年第2辑）

## 傍晚经过你的城市

熊 焱

动车在经过你的城市时停下来
夕阳正衔着房顶，晚风正吹集暮云
下车的旅人如席卷的江水
同行了一段长路，一旦分散
也许就成永别

那些年我们在这里穿过霜降和谷雨
背影青葱，步履蹁跹
最后一次分别时细雨如酥，天空为谁哭湿了脸

现在时针抵达了六点，秒针嘀嘀嗒嗒地奔跑中

是我们在马不停蹄地赶路
是我们颠沛的人生，有时一阵酸，有时一阵甜

我突然想下车去找你
我突然想大河倒流，时针逆行
我们又一次穿过茫茫人海，在十字的街头相见
岁月苍茫，风为我们掸去白发和细雪

这是二月的傍晚，我经过你的城市
动车只停留了十分钟，却仿佛跑过了漫长的岁月
夕阳正衔着房顶，晚风正吹集暮云
我临窗远望，浩荡的大江正在蜿蜒穿城
一去不回，整夜整夜地为谁压抑着悲声

（原载《诗探索·作品卷》2018 年第 2 辑）

# 是他们扶住了我

熊　焱

悲伤时，是酒
扶住了我
奔跑时，是风
扶住了我

我有浩大的寂寞，疼会扶住我
我有绝望的落魄，爱会扶住我

是鬓边的白发扶住中年的霜降
是额头上的皱纹扶住脚茧上的花朵

而岁月总是悄无声息地伸过来一双手
把我膝盖上的伤痕细细地抚摩

这人间到处是坍塌的道路
一个个的背影走得歪歪斜斜
纷纷从良心的天平上跌落
我庆幸我还有文字，为我扶住了灵魂的秤砣

（原载《读诗》2018年第1期）

## 写给你的最后一封信

熊 焱

上课的铃声已经响了，我还在教学楼后的山坡给你写信
用去半坡阳光和满山鸟鸣
用去一抹风声压在我笔尖上的战栗
头顶晴空蔚蓝，仿佛是噙在你眼中的泪滴

那时我们十七岁，每周都在通信
给你写信时，整个青春都在天空上飞行
而阅读你的来信时，你纤细的笔迹
是淅淅沥沥的小雨，偶尔夹着远远的闪电

后来我们不再写信，而是通过网络聊天
在键盘冰冷的符号上，我能触摸到你滚烫的心跳和呼吸

再后来手机上接到你结婚的短信，我正在海边
波涛如怒，满屏都是大海的呜咽

最终你音信杳无，就像一滴水从海洋里出走
这熙来攘往的人群里，我们终于走失

如今，我会偶尔翻阅那些信件
岁月留给我的处方中，有一味苦药叫怀念
我饮下它，用以治疗人生中时隐时现的空虚
正如那些暗香的纸笺上，你写下的字
像小雨下得淅淅沥沥，让我们隔着整个遥远的人间

（原载《读诗》2018 年第 1 期）

# 垂　钓

熊　焱

寂静的莲花湖是羞怯的，被群山捧在手心
午后的风是轻微的，就像丝绸滑过指尖
我独自坐在树荫下垂钓，流云在高空纺着丝绵
翠竹在远山织着裙裾
我的妻子和女儿，正在斜坡下的宾馆午睡
也许我能通过湖面的波光抵达她们的梦境
我年过古稀的父亲和母亲，正在乡下的老家
静候黑夜来临。也许这湖面
就是他们暮年平静的脸，一直在这里看着我
看着我垂钓这碌碌无为的人生
我承认，名利就像那鱼钩上的诱饵
引着我，一次次地被鱼钩抓得鲜血淋漓
却仍然在奋不顾身。再过三年我就年满四十岁
多快啊，这岁月的线一直在拽着我
拽着我沉入湖底，承接暗流的拍击和抚慰

痛饮呛人的泥沙和泪水。而那条系着细线的钓竿
却掌握在命运的手中，在一次次地拉起和放下间
草尖的露珠已凝成我鬓边的微霜
湖水的细浪已涌成我眼角的鱼纹
这个午后，我独自坐在树荫下垂钓
一直到夕阳西沉，一天即将过去
湖面静谧，宛若幽深的内心
时间在那里劳碌，也在那里获得安宁

（原载《读诗》2018 年第 1 期）

## 辞母泣辞

潘洗尘

趁母亲还没醒
趁小园里母亲种的那些
辣椒豆角都在睡
平生第一次凌晨四点就离家

35 年了　仿佛我已习惯每次
都是母亲哭着送儿去远行
可是母亲　自从 8 月 1 号在 ICU
我最后一次陪护你
医生说　那时你已没意识了
但在我的千呼万唤下
你紧闭的双眼还是有泪在涌出
我知道　那是你今生最后一次

为你这个不争气的“老跑腿儿子”[①]
流泪了
母亲　今天就让儿号啕着走
而你　不再哭
好吗

可是我知道啊我的慈母
又是一夜没睡的你
此刻骨灰已湿透

（原载《诗刊》2018 年 4 月号上半月刊）

## 这些年的读与写（一）

潘洗尘

这些年　我用来读诗的时间
远多于写

我常常叹服于
那些分行文字的精致
与不动声色
有太多的人
可以举轻若重的穿行于
华丽的词语之间
让汉语的魔方
噼啪作响

① “老跑腿”在东北方言中意即未能娶上媳妇的中年以上男子。母亲走后听家人告诉我，母亲一想起还一个人在外漂泊的我，就一边叨念着“我这个老跑腿儿子啊”，一边流眼泪。远游、未娶、无后，吾实乃大不孝。——作者注

而我　一个从小就没练过
童子功的人
就只能佯装自己
也空怀一身技艺
偷偷在深夜里雕虫
以衬托那些绝世
或根本不可能绝世的功夫
是多么的了不起

（原载《读诗》2018 年第 2 期）

# 这些年的读与写（二）

潘洗尘

我们读西出阳关
感觉读的不仅仅是诗
还有文字里慷慨悲歌的尚书右丞
以及立于他身后的千古大唐

而今天有太多的诗
身束于词语的高阁之上
诗人早已消匿于文字之外
更不用说我们这个时代的疼

（原载《读诗》2018 年第 2 期）

# 惜——

潘洗尘

我用大半生的时间
换了不到300首诗
她们大多都与土地　时间
以及生命有关

如果你能从这一堆词语中
读出一个字——惜
我这大半生啊
就没白写

（原载《读诗》2018年第2期）

# 无关生死

潘洗尘

虽然说癌症
也许是生命结束的最好方式
它可以让你从容地收拣过往
整束现在
处理后事

但如果有可能
我还是想把那些
哪怕是籍籍无名的日子

劳碌的日子
清贫的日子
甚至是小时候挨饿的日子
都再有滋有味地
过一遍

（原载《读诗》2018年第2期）

## 水中的一棵芦苇

潘志光

坐在河边
背靠夕阳
看着水中的一棵芦苇

水波涌过来了
水中的芦苇被压在下面
水波涌过去了
水中的芦苇抖抖水珠
站起来了

更大的水波涌过来了
水中芦苇又被压在下面
水波涌过去了
水中的芦苇又抖抖水珠
又站起来了

夜晚，我湿漉漉的梦中
看见一棵挺拔的芦苇

将枝叶伸进了太阳

（原载《诗探索·作品卷》2018 年第 3 辑）

## 冬天的大青石

潘志光

低矮的冬天
低矮的冬天压着山脚的大青石
浓霜压着田埂上的枯草
浓霜压着山坡上灌木的秃枝
大青石上没有一点生气
低矮的冬天压着大青石

我俯下身细看
大青石上有半朵枯黄的野花
低矮的冬天压着大青石
大青石上粘着刚熄灭的火
大青石上有条细线般的裂缝

池塘里残荷秆摇晃不停
一条鱼儿跳起来
划破了紧密的寂静

（原载《诗探索·作品卷》2018 年第 3 辑）

# 藤蔓往上爬

潘志光

藤蔓贴着泥土往上爬
爬过早晨
爬过黄昏的捣衣声
爬过时光的沟坎
下弦月的银钩上
悬着梦的高度

藤蔓沿着绷得很紧的梯子沉默地爬
藤蔓沿着跃动的笑声爬
藤蔓沿着欲望爬
春的藤蔓爬上紫色的暮霭

小溪贴着大地流
流过山花和歌声

藤蔓离开泥土向上爬
躲在树林中的四月走了出来
蜷缩的藤蔓用触须
紧紧抓住根部的泥土
蓬蓬勃勃地向前爬

（原载《诗探索·作品卷》2018年第3辑）

# 一只小小的甲壳虫也想飞

潘志光

天气，还是很闷热
你放下手中糊着的纸盒
把头伸向窗外
顺着灯光看见晒衣竹竿上
有一只金黄的甲壳虫
展了展翅膀想飞
看上去翅膀有点受伤
**（左翅膀的金斑点**
**比右翅膀的金斑点少了三个）**
没有飞起，只向前慢慢地爬动
或许，它在等待时机
等待下一刻，再下一刻
你嘴里念叨着
一只小小的甲壳虫也想飞
一只小小的甲壳虫也想飞

（原载《诗探索·作品卷》2018 年第 3 辑）

# 雨 水 节

颜梅玖

窗外，雨沙沙地滴落
我躺在床上
从一本库切的小说里歇下来

去听那窗外的雨声
房间里开着暖气
细叶兰第二次开出了
一串粉紫色的小花
厨房里煲着一小罐银耳羹
香甜的味道弥漫了整个房间
一整天了
我沉浸在小说的细节中
在时间的表皮上
雨自顾自地滴答着
均匀而有节奏
书中那个老摄影师的身份困境
会同着它，一起垒高了我的惶惑
这回，是应和
使我感到不安和不快

（原载《文学港》2018 年第 6 期）

# 白　鹭

颜梅玖

雨轻轻地滴落着
歇停的汽车
落满了湿漉漉的枫叶
这大自然的婚车
多么完美。穿过一条小路
我走向熟悉的小河边
这里生长着大片的木槿
透过木槿叶子的空隙——

一只白鹭，站立在河边
优雅，曼妙
它脱离了集体
一副遗世独立的样子
它的自在真美
此刻，我们在同一条溪水边站着
我眼前只有一团雪白的光
我悄悄退回原地
我不想惊扰它，我需要一条
更狭窄的小路

（原载《作家》2018年第6期）

# 旋　舞

颜梅玖

我再次途经这里——
几年过去了
岁月有了许多变化
而北斗河边的白樱树
还是十六棵
不多一棵，也不少一棵
我依然和当初一样
喜欢在这里坐上半个下午
每一片花瓣都是那么纯粹
但现在，时间显然
已经让它们失去了控制
它们旋转着
在落寞的光与影之间翻飞

最后落在草地上
也落在河里，梦一样消失
像夜里
曾经落在我们耳边的那群词语——
密集，濡湿
带着绝望的甜美
记得那年四月
你第一次带我来这里
我是那么开心
现在我一个人
我还是那么开心
前面群山苍茫啊
右面河水滔滔
当我躺在樱花树下
当命运的纸牌，旋转着
一遍一遍落在我的脸上

（原载《文学港》2018年第6期）